道具箱はささやく

長岡弘樹

祥伝社文庫

目次

声探偵

1

あと少しで午後七時になるところだった。東の空には、もうオリオン座が姿を見せている。

路上に停《と》めた覆面《ふくめん》パトカーの助手席から『サニーハイツ』の二階を睨《にら》みつつ、おれは欠伸《あくび》を嚙《か》み殺した。

「おまえの似顔絵を描いてやる」

運転席に座る北山《きたやま》が、退屈したらしく、そんなことを言いながらメモ帳と鉛筆を構えた。

「できたぞ」

「やけに早いな」

北山がおれに見せたものは絵ではなかった。【さっさと帰りたいよ】――上手《うま》いとは言い難《がた》い筆跡で、そう文字が並んでいるだけだ。

「待てよ。これのどこが似顔絵なんだ」

「似顔絵さ。だって、おまえの顔に、はっきりとこう書いてあるんだからな」

何か言い返そうとして、おれは言葉に詰《つ》まった。たしかに、結婚を間近に控《ひか》えているおれの心情は、こんなところかもしれない。

《おい、そっちの様子はどうだ》

ダッシュボードの無線機が、課長の声でそう訊《き》いてきた。おれはマイクを取り上げ、ふたたび『サニーハイツ』二〇二号室の窓を見やりながら答えた。

「異常ありません。やつはちゃんと部屋にいます」

二〇二号室の住人、小学生誘拐事件の容疑者である三十八歳の男、伊形《いがた》の部屋には、まだ明かりがついている。

もう裁判所から逮捕状が下りたころだ。間もなく課長自らが他の部下を引き連れ、あのアパートへ乗り込む手筈《てはず》になっている。

それまでの間に、伊形がどこかへ逃げたりしないよう見張っておくのが、おれと北山に課せられた仕事だった。

《間もなくそっちへ行く。気を抜くなよ》

「任《まか》せてください」

上司との短い交信を終え、おれはカーラジオのスイッチに手を伸ばした。

《時刻は午後七時になりました。リスナーのみなさん、今晩は。小城《こじろ》コジローです》

スピーカーから流れてきたのは、ローカル局が制作しているトーク番組だった。
《わたくしコジコジは、刺激的な話題を求め、猟犬のように鼻をひくつかせながら、日々、街のあちこちに出没しているわけですが、そういえば先週、いやあ驚きました、なんと、ひったくりの現場に遭遇《そうぐう》してしまったんですよ》
この小城とかいうパーソナリティの顔は知っていた。かつておれの所属するK署で、彼が講演をしたことがあるからだ。会場はけっこう広かったが、小城は最初から最後までマイクを使わなかった。非常によく通る声の持ち主だから、そんなものは必要なかったわけだ。いい商売道具を持っているなと感心したものだ。
今日の声も一語一語がやけにクリアだ。おれは少しボリュームを絞《しぼ》った。
《人通りの多い場所で、若い男がお婆《ばあ》さんのバッグを持って逃げたんです。その男に向かって、ぼくは「泥棒っ」と叫びました。そうしたら、周りの人はみんな一斉《いっせい》にぼくの方を見たんですが、ひったくり犯だけはあっちを向いたままなんです。あれは妙な光景でしたけれど、犯人の心理としては頷《うなず》けると思いました。人間誰しも、自分に都合の悪い言葉には、自然と耳を塞《ふさ》いでしまうんですよね》
そのひったくり事件なら、仕事柄もちろんおれも知っていた。小城は「先週」と言ったが、実際は先々週に起きたことだ。だとすると、いまラジオから流れている番組は生放送ではなく、録音されたものに違いない。

その推理を北山に披露《ひろう》してやろうと思ったところ、彼の方からおれの腕を肘《ひじ》で小突《こづ》いてきた。見ると、二〇二号室の明かりがいつの間にか消えている。

ほどなくして、アパートからスーツ姿の人影が出てきた。伊形に間違いなかった。

どこにでもいそうなサラリーマンを装《よそお》っているつもりなのだろう、伊形が外出する際はいつも、中肉中背の体に紺《こん》色の背広を纏《まと》い、ネクタイまで着用していた。しかも念入りに、マスクと伊達眼鏡《だてめがね》で人相を、ニット帽で髪型を隠しているのが常だった。今日のいでたちもその例に漏《も》れない。

おれはふたたび無線のマイクを握った。

「やつが出てきました。晩飯でも買いに行くんでしょう。とにかく行動確認《コウカク》します」

早口で課長に告げてから、覆面パトカーのドアを開けた。北山も素早く運転席から腰を浮かせる。

音を立てないよう車のドアを閉め、冬の冷気に首をすくめるようにして伊形の背中を追い始めると、北山がおれの耳元に顔を寄せてきた。

「もしもあいつがいま何かやらかして、現行犯で引っ張ることになったら、ワッパをかけるのはおれだからな」

「いや、その仕事はこっちに任せろ」

小声で言い合いつつ、足音を殺して伊形の背中を追った。

北山とは同期だ。刑事課に配属された時期も一緒で、手柄を争うライバル関係にある。これまで、いろんな場面で、ことあるごとにぶつかってきた相手だった。

もしかしたら、南谷《みなみたに》というおれの苗字がいけないのかもしれない。北と南、山と谷では、衝突するなという方が無理だろう。

よく分からないのは互いの身長だ。高いはずの「山」が百六十五センチしかなく、低いはずの「谷」が百八十五センチもあるのはなぜなのか。

そのうち伊形は大通りへ出た。

おれは、やつの真後ろから尾行を続けた。一方の北山は、道路を渡って反対側の歩道に移り、伊形を斜め前方に見る位置へと場所を変えた。

そのときだった。何の前触れもなく、伊形が急に立ち止まった。そして、くるりと後ろを振り返ったのだ。

おれの視線と伊形のそれが、正面からぶつかり合った。

ぴたりと時間が止まったように感じられた。

次の瞬間、伊形は猛然と走り出していた。

2

走ったら追うな。それが尾行の鉄則だが、この場合は別だ。逮捕は目前なのだ。いま逃亡されるわけにはいかない。

おれは全力で伊形を追った。

すぐに北山が隣に並び、競走する形になった。戦っている相手が伊形なのか北山なのか、よく分からないまま、おれはスピードを上げることに努めた。

伊形との距離が徐々に縮《ちぢ》まっていく。

迫り来る足音を聞きつけ、このままでは追いつかれると悟ったらしい。伊形はふいに体の向きを変え、道路沿いの大きな建物の中に入っていった。

そこは、地元では一番大きなホテルだった。

おれと北山も、ほぼ同じタイミングでエントランスホール内に走り込んだ。

フロントの前を突っ切った伊形は、階段を駆け上がり、三階に到達すると、今度は廊下を奥へと走り始めた。

地元の主要な施設については、構造がだいたい頭に入っている。このホテルの三階には、大きな宴会場があったはずだ。

おれと北山も二階に辿《たど》りついた。

廊下の先を見やると、宴会場の入口は開いていた。どこかの団体が会合を催《もよお》しているらしい。受付のテーブルが置いてあるが、係員はトイレにでも行っているのか、誰の姿もそこにはない。

これ幸いと、伊形は無人の入口から宴会場のなかへと飛び込んだ。そうしておれたちの視界から姿を消す直前、やつは、持っていたら邪魔になるニット帽を会場の外へ脱ぎ捨てていった。だが、それがあまりに素早い動きだったため、伊形がどんな髪型をしているのか確認する余裕はなかった。

携帯電話で課長に現状を報告しながら、おれも北山と一緒に会場内に入った。

そこはかなり広い場所だった。二十メートル四方ほどもあるか。ざっと見て二百人ほどが、立食形式でパーティーをしているところだった。

入口に近い方が正面で、壇《だん》が設《もう》けられていた。その上に掲《かか》げられた看板には【全国民間放送協会＊県支部総会】とあった。どうやら、ここに集まっているのはテレビやラジオなど放送業界の関係者らしい。

近くにいたホテルのボーイに、警察手帳をちらりと提示し、会場から出て行く者を見かけたらすぐに知らせるように頼んでから、おれは北山と二人で壇上に立ち、会場内を見渡した。

こんな場所にいたら目立って往生するはずだが、おれたちの方へ注意を払った者は、ごくわずかしかいなかった。参加者の性別比は、男が三、女が一ぐらいか。彼らはみな会話に夢中で、そうでなければ、料理を口に入れるのに忙しくてしょうがない様子だ。

壇の高さは五十センチ程度だった。これにおれの身長を加えれば、ゆうに会場全体を、つまりこの場にいる全員の姿を見渡すことができた。

——どこだ、やつは。

約百五十人の男たち一人ひとりに視線を当てながら、おれは上着のポケットに手を入れた。

そこから取り出したのは、伊形の顔写真だった。

写真の伊形は学生服を着ている。十八歳。高校の卒業アルバムに載《の》っていたものだ。目、鼻、口、耳。どのパーツを観察したところで、出てくる感想は「普通」という言葉以外になかった。まったく特徴のない顔をしている。

問題は、伊形の容貌《ようぼう》がはっきり分かる写真が、これ一枚きりだということだ。

運転免許証を持っていれば、それに添付してある近影を入手できたのだが、あいにくと伊形には所持歴がない。

また、やつはずっとアルバイト暮らしで、正社員として働いた経験もないため、勤めていた職場から写真を得るということもできなかった。

内偵中に伊形が外出した際、望遠レンズで撮影したものなら何枚もあるが、どれもマスクと伊達眼鏡とニット帽のせいで、人相がはっきりしない。

二十年で人間の顔がどれくらい変わるかをあれこれ想像しながら、おれはまた会場の方へと視線を戻した。

参加者の男たちは、みなスーツ姿だ。しかも伊形が着ていたものと同じ紺色が圧倒的に多い。

走ってきたばかりだから、やつはまだ、息を切らして肩を上下させているはずだ。しかし、談笑する演技をして体の動きを巧《たく》みにカモフラージュしているのか、それらしき人間に見当をつけることはできなかった。

ぽつんと独《ひと》りで立っている男も何人かいた。彼らは真っ先に除外してもいいだろう。逃亡中の犯罪者は孤立を嫌い、できるだけ大勢のなかに紛《まぎ》れ込もうとするものだ。

ところどころに、立ち話に興《きょう》じるグループが出来上がっている。伊形はその周囲に立ち、さも会話に参加しているようなふりをして、うまくこの場の雰囲気に溶《と》け込んでいるに違いない。

約百五十人のうち、三十八歳、中肉中背という条件で篩《ふるい》にかけても、七、八十人は残りそうだ。

——やつはどこにいる。簡単に見分ける方法はないのか……。

「みなみたに」

そう誰かに呼ばれたような気がして、おれは声がしたと思《おぼ》しき方角へ顔を向けた。

だが、誰もおれに声などかけた様子はなかった。

喧騒《けんそう》の中でも関心のある言葉はやけによく聞こえる。たしか「カクテルパーティー効果」といったか、そんな現象が起きたらしい。「みんなみたいに」などと誰かが口にすると、自分の苗字を呼ばれたように勘違いしてしまうことは、これまでにもたびたびあった。

顔を正面に戻したとたん、

「ったく、とんだヘマをしてくれたもんだな」

右横にいる北山に、そう呟《つぶや》かれてしまった。

「まんまと気づかれやがってよ。こっちはいい迷惑だ」

「……すまん」

おれは唇を噛んだ。背後から尾行する場合は、急に振り返られても視線が合わないよう、対象者の靴《くつ》を見るようにしなければならない。なのに、うっかりして伊形の頭部を見つめてしまった。

とりあえず現在のところ、やつは袋の鼠《ねずみ》だ。会場の出入口を封鎖して、男の参加者を一人ずつ調べていけば、いずれ伊形は逮捕されるはずだ。

だが「行確失敗《コウカク》」の責任を負ってしまったおれたちにとっては、それでは済まない。

おれたちが汚名を返上する手は一つだ。応援が来る前に二人でやつの身柄を押さえる。それができれば、一応の恰好《かっこう》はつく――。

そうだよな、とおれは北山に小声で相談した。

「待てよ。『おれたち』の『たち』は余計だろ」

ぶっきら棒な口調でそう応じた北山の視線は、おれの方ではなく、会場のある一点に向けられていた。

「――いた。見つけたぜ」

「本当か」

おれは北山の視線を辿ってみたが、どこにいる誰が伊形なのか、まるで分からなかった。

「だけど、どうやってやつの顔を判別したんだ」

その問い掛けには答えず、北山は左手をゆっくりと上げ始めた。視線を動かすことなく、二十センチの身長差があるおれの右肩に、挙手をするようにして手の平をぽんと載せてくる。

「手柄を立てるのは一人でいい。おまえはここでじっと会場の様子を見ていろ。いいか、じっとだぞ。じっとだ」

薄笑いを浮かべ、同じ言葉をしつこく繰《く》り返しつつ、北山は右手を上着の懐《ふところ》に入れ、スマートフォンを取り出した。

3

北山は昇降用のステップを使ってゆっくりと降りていった。おれは壇上で自分の携帯電話を握り締《し》めたまま、その姿を見送った。

会場のほぼ真ん中あたりを目指して歩いていった北山は、やがて一人の男の前に立った。その男は、背丈も体格も標準的で、紺色の背広を着ていた。顔にもこれといった特徴はない。せいぜい頭髪を短く刈り込んでいる点くらいか。

北山の右手が動いた。相手に、警察手帳をちらりと見せたようだ。

おれは持っていた携帯を耳に押し当てた。

《こういう者ですが、すみません、ちょっとお話をさせてもらってもよろしいでしょうか》

端末から聞こえてきたのは北山の声だった。

先ほどスマホを取り出した北山は、おれの携帯に電話をかけてよこした。そして通話の状態を保ったまま、壇から降りていったのだった。これからおれが喋《しゃべ》ることをおまえも聞いていろ、というわけだ。
北山のスマホは、彼のワイシャツの胸ポケットに入っている状態だから、音声はややくぐもっておれの耳に届いた。
短髪の男は、警察手帳のような物騒《ぶっそう》な代物《しろもの》を目にしても、あまり顔色を変えることなく口を動かした。
《ええ。いいですけど、どんなご用でしょうか》
《実は、ちょっとしたヤマが発生しまして。解決に向けて情報を集めているところなんです》
《ヤマ？　つまり事件ですね。どんな？》
《さらわれたんです。小学生が》
《え、誘拐ですかっ》
《はい。——突っ立ったままというのも何ですから、歩きながら話しませんか》
北山は、短髪男の背中に手を回し、軽く押すようにして、ゆっくりと歩を進め始めた。
《犯人は、一年生の男児をさらい、閉じ込めているんです》
《どこなんです、その監禁場所は？》
《残念ながら、それが分からないんですよ。たぶん、どこかの廃屋とか小屋みたいな場所だと思うんですが》

《で、犯人の要求は何です？　やっぱり身代金ですか》
《ええ。小学生の親に金を用意しろと言ってきました》
《いくらです？》
ここで北山は片手の指を広げてみせた。
《五千万円ですか》
《はい。さもないと命は保証しないそうです》
《それは酷《ひど》い。人質の子が無事であることを祈るしかないですね》
顔を寄せ合って話し込みながら、北山は短髪の男の背中をそっと押し続け、会場の真ん中で直径十メートルほどの円を描いてから、元の場所まで戻ってきた。
「もう十分だ」
おれが携帯電話の送話口に向かってそう言ったのは、北山が二周目に入ろうとしていたからだ。
北山が足を止めたところを見ると、おれの声は、ワイシャツのポケットから彼の耳まで、ちゃんと届いたようだった。
おれは昇降ステップを使わずに壇から飛び降りた。
わいわいと話に花を咲かせる放送業界の連中を搔《か》き分け搔き分け、北山と短髪男に近づいていった。

二人の前を通り過ぎながら、おれはまず北山に感謝の目配《めくば》せをした。手柄を独り占めするかのようなふりをして、実は、結婚を控えたおれに花を持たせてくれた相棒に。

それから、隣にいる短髪の男――ラジオパーソナリティの小城コジローにも目礼を忘れなかった。

目指したのは、会場の奥、壁際近くにできた七、八人のグループだった。いや、正確に言うなら、グループの一員であるふりをし続けている一人の男だ。

その男の背後に、おれは一直線に近づいていった。

事件、誘拐、監禁、身代金、人質。

そうした不穏な言葉は、否応なく人の関心を惹《ひ》きつける。北山と一緒に歩き回った小城コジローの、喧騒の中でもよく通る声ならなおさら耳に入る。だから先ほど、北山と小城の周囲にいた人たちは、軒並み二人の方へ顔を向けていた。だが――。

おれは警察手帳を出しながら、

「ちょっとよろしいですか。伊形さん」

そう男の背中に声をかけた。

誰もが小城の声に反応したなか、ただ一人だけ、まったく顔を動かさなかったその男の背中に。

振り返った男の顔は蒼白《そうはく》だったが、目にはすでに観念の色が浮かんでいた。

リバーシブルな秋休み

1

その朝、わたしは欠伸《あくび》をしながら洋服ダンスを開け、娘の服を取り出しにかかった。麻未《まみ》のお気に入りは襟付《えりつ》きのトレーナーだ。リバーシブルというやつで、いまは赤が表になっているが、裏返せば白色の服としても着ることができる。

下は、プリーツスカートを穿《は》かせることにした。これもトレーナー同様、ピンクと青緑の両面仕立てだ。

小売業では県内最大手の会社に勤めるわたしは、毎日仕事が忙しく、洗濯が間に合わないことがある。リバーシブルの服やスカートなら、少々汚れても裏返しにして着せておけばいい。重宝《ちょうほう》するので、この手の服はほかにも買ってあった。どれも、片面が赤系統、もう片面が白か青系統の色だった。

リビングに入っていくと麻未がいた。パジャマ姿のままソファに寝そべり、絵本を開いている。そんな娘の前に、わたしはトレーナーとスカートを置いた。

「さあ変身タイムだよ。どっちの色にするかは、あなたの自由です」

「ママの服は今日何色？」

「今週はずっと赤だよ」

「じゃあ今週はずっと真似《まね》する」

五歳になる麻未はたどたどしい動きでパジャマを脱ぎ始めた。

次はわたしが着替える番だった。

クローゼットを開くと、自然と背筋が伸びた。服が商売道具なのは、芸能人に限ったことではない。それは普通のサラリーマンにも当てはまることだ。その人の印象は、着ているものに大きく左右される。人と会うことの多い営業職にとっては特に疎《おろそ》かにはできないアイテムだ。

わたしは紅《くれない》色のジャケットを羽織《はお》り、臙脂《えんじ》色のパンツを穿いた。今週は特に重要な仕事が重なっている。赤で通すと決めたのは、気持ちを奮《ふる》い立たせるためだ。

朝食を済ませたあと、わたしは玄関口で、麻未の首にマンションの鍵《かぎ》と、防犯ブザーの端末をぶら下げてやった。

「行ってらっしゃい……」

麻未は少し拗《す》ねた顔をしてみせた。その表情を目にしたら、夫との離婚が決まったときのことが、どうしても思い出されてしまった。

克昭《かつあき》は、父親としては決して悪くなかった。自分の着るものには無頓着《むとんちゃく》なくせに、麻未の服を買うときだけはよく、「こっちの色にしようよ」などと真剣な顔になったものだ。

だが、夫としては付き合い切れなかった。専業主婦になってくれとわたしに望んだ彼と、絶対に仕事をやめたくなかったわたし。何度も額《ひたい》を合わせたが、話し合いは平行線を辿《たど》るだけだった。

麻未は右手にわたしの手を、左手に克昭の手を握り、二人の手を自分の体の方に引っ張って、触れさせようとして泣いた。だが、わたしも彼も、そんな小さな手を黙って振り払うしかなかった――。

眉毛の上で切りそろえた麻未の髪を、そっと撫《な》でてやりながらわたしは言った。「お昼ごはんはどこにあるでしょう」

「テーブルの上と冷蔵庫の中」

「大当たり。ちゃんと食べるのよ。――今日は何をして遊ぶつもり?」

午前中は絵本を読んで、午後から友だちと公園に遊びに行く。それが今日の麻未のスケジュールだった。

「ブザーの電池は大丈夫かな。公園に行く前に、いまのうち、ちゃんと鳴るか確認しておこうか」

麻未が防犯ブザーのスイッチを押すと、ピュルピュルと甲高《かんだか》い音が鳴り響いた。

「これで安心ね。でも油断しちゃ駄目《だめ》よ。かならず大人の人が見ている場所で遊ぶこと」

いつも繰《く》り返している注意を今日も口にしてから、娘に手を振りつつマンションのドアを閉めた。

階段で一階まで降りると、エントランスホールで、エレベーターから降りてきた初老の女と鉢合《はちあ》わせをする恰好になった。山口敏江《やまぐちとしえ》だ。スケッチブックと水彩画の道具を小脇に抱えている。今日もこれから絵を描きに行くようだ。

「わっ」敏江はわたしの服装を見て、ぱちぱちと瞬《まばた》きをわざとらしく繰り返してみせた。

「いっぺんで目が覚めそう」

「ちょっと派手すぎましたかね」

「ううん。そんなことないって。素敵よ。きっといま、ここ一番の大事な仕事を抱えているのね」

さすがは元教師だ。よく分かっている。

「麻未ちゃんは一緒じゃないの？　幼稚園は、まだ秋休みの最中かしら」

「はい」

麻未の通う幼稚園は少し変わっていて、お盆休みのほかに、秋休みを設《もう》けている。それはいいのだが、五日間というのはちょっと長い。家で留守番しているより、幼稚園に通ってくれている方が、保護者としてはずっと安心できるのだが。

「じゃあ、麻未ちゃんは今日もお留守番ね」

「ええ。朝は絵本を読んで、昼から公園に行くそうです」

麻未がしっかりした子に育ってくれて助かった。まだ幼稚園児だが、もう独《ひと》りで留守番ができる。鍵を開けて入ることも、施錠《せじょう》をして出かけることも、ちゃんと覚えた。自分が五歳のとき、同じことができたという記憶はない。

「公園で、もしあの子を見かけたら、声をかけてやっていただけますか」

中学校の美術教師を引退し、いまは独り暮らしをしている敏江。彼女が水彩画を描く場所は、たいていはマンション横の公園だ。子供好きで、麻未の相手をしてくれることもよくあるので、こちらとしてもありがたい存在だった。

「ええ。それはいいんだけどね」

敏江は顔を曇《くも》らせた。

「何か問題でも？」

「最近、公園の周りを怪しいやつがうろついているのよ」

「それ、どんな人です？」

敏江は立ったままその場でスケッチブックを開いた。さらさらと鉛筆を走らせてみせる。たちまち、一人の人物の似顔絵が出来上がった。元の職業が職業だけに、線がしっかりしているし、陰影の付け方もさすがに上手《うま》い。

敏江が描いたのは男の顔だった。歳《とし》は四十前後といったところだ。

「こんな顔をした男よ。この男が車の中から、双眼鏡で公園の方をじっと覗《のぞ》いていたの。わたし、もう二、三回目撃しているんだけど、いま思えば、こいつが現れるのは、決まって麻未ちゃんが遊んでいるときなのよ」

敏江はスケッチブックを両手で持ち、自分が描いた顔を敵意に満ちた目で睨《にら》みつけた。

「人相と性格って、関係が深いの。——ねえ、佳也子《かやこ》さん。この顔を見て何か感じない。妙な特徴があるでしょう」

どこだろう。よく分からなかった。広い額《ひたい》と尖《とが》り気味の顎《あご》が、強《し》いて言えば特徴と言えるかもしれないが……。

「ここよ」敏江は耳の位置を指差した。「低いでしょう」

たしかに、耳の下辺が鼻よりも下にきている。

「噂《うわさ》によると、こういう人には」敏江は上目遣《づか》いにわたしを見上げ、声を潜《ひそ》めた。「ロリコンが多いんですって」

敏江が画用紙をスケッチブックから切り離し、似顔絵をわたしに渡してきた。だから麻未ちゃんを独りで外に出さない方がいいわよ。目でそう警告を発してくる。

「お気遣い、ありがとうございます。娘には、気をつけるように言っておきますので」

失礼しますと頭を下げ、わたしは外に出た。

渡された似顔絵を、どうしようかと迷う。捨てる気にはなれず、結局、折り畳《たた》んでバッグの中にしまった。

2

駅を出て帰り道を急いだ。できれば会社で残業をしたかったが、遅い時間まで五歳児を独りにしておくわけにもいかない。

駅から家に帰る途中には、信号のない横断歩道がある。これを渡ったところが、麻未がいつも遊んでいる公園だ。その公園と道路一本を挟《はさ》んだ向かいが自宅マンションだった。

車が途切れないせいで、なかなか横断歩道を渡ることができなかった。

次々に通り過ぎていくフロントガラスに向かって、そろそろ停《と》まってよ、と目で合図を送りながら、その一方でわたしは、もっと多くの車が通りますようにと念じていた。

この道路は、わたしの会社が経営しているショッピングセンターに通じている。今年の夏にオープンしたばかりの商業施設だ。いまわたしが打ち込んでいる仕事は、その店舗のPRだった。交通量の増加は、客足の順調な伸びを意味している。自分の仕事がきっちりと成果を挙げている、ということだ。

やっと車の列が途切れて、わたしは横断歩道を渡り、マンションに帰りついた。

会社で処理しきれなかった書類をテーブルに広げたとき、「遊ぼう」と麻未が寄ってきた。

「いいよ。何して?」

「『仕立屋さん』がいい」

「分かった。じゃあ、隣の部屋へ行ってて」

白いトレーナーを着た小さな背中が部屋から出て行くと、わたしは紙テープを腰に巻きつけ、自分のウエストサイズに合わせたところで千切《ちぎ》った。

最初に使ったのは白いテープだったが、それを屑籠《くずかご》に捨てて、黒いテープでやり直した。白は膨張《ぼうちょう》色だから、実際よりも長く見えてしまう。幼い娘を相手に見栄《みえ》を張ることはないだろうと自分でも呆《あき》れたが、太っていると思われるのは、なぜか誰が相手であっても悔《くや》しいものだ。

切ったテープを示しつつ「これはわたしのどこのサイズでしょうか?」と出題する。それが『仕立屋さん』というゲームの内容だ。

部屋のあちこちに紙テープの切れ端が散乱しているのは、麻未がこの遊びを好んでいるせいだ。赤、青、黄、ピンク……ちょっとした色の洪水で、目が少し痛くなってくるほどだ。

隣室から麻未を呼び戻し、用意した何本かのテープのうち、最初の一本を掲《かか》げてみせたとき、わたしは、あれ、と思った。麻未の印象が、今朝と微妙に違っているように思えるのだ。

わたしはゲームを忘れて、麻未の姿をじっと見つめた。だが、どこが変なのか、言葉で説明することができなかった。

「ゲームの前に、今日のことを話してごらん」

「ええとね。絵本を読んで、お昼を食べて、お外に行って、はるかちゃんとしんちゃんに会って、一緒にブランコをして、砂場に行って……」

麻未が語った行動は、すでに聞いたスケジュールどおりで、その言葉の中にも、やはりこれといって不審な点を見つけることはできなかった。

3

携帯電話が鳴ったのは、ショッピングセンターの集客状況をまとめるために、数字と格闘している最中のことだった。スマホの表示を見ると、かけてよこした相手は敏江だった。

退社時刻が近いとはいえ、いまはまだ会社の中だし、忙しい最中だから、いったん無視したが、またすぐにかかってきた。

わたしは席を外し、廊下に出てから応答した。

《深呼吸をして》

それが敏江の第一声だった。彼女の真意がよく分からなかったが、とりあえず言われたとおりにした。

《いい、これからわたしが言うことを、落ち着いて聞いてね。――当たってたのよ。一昨日《おととい》の朝、わたしが言ったことが》

「と言いますと？」

《あいつよ、双眼鏡の男。やっぱりロリコンの変態だった。あの男がね、さっき麻未ちゃんを公園の隅っこに連れていったの。そこで、麻未ちゃんのね》

口にするのも汚《けが》らわしいといった調子で、敏江は言葉に力をこめた。

《麻未ちゃんの服を脱がせていたの》

「本当ですか」

《嘘《うそ》ついてどうするのよ。だからわたしが麻未ちゃんの代わりに、助けて、って大声で叫んでやった。そうしたら、通りかかった大学生が気づいてくれて、あいつを取り押さえてくれたのよ》

そこでわたしは、ええっ、と大きな声を出してしまっていた。廊下にいた若い社員が振り返ったので、わたしはいそいで給湯室に隠れた。

「そ、それで、どうなりました」

「麻未ちゃんは大丈夫。服を脱がされただけで、それ以上の嫌らしいことは何もされていなかったから」

「男の方は？」

《大学生に見張られているから、もう観念して、おとなしくしている。これから一一〇番するところ》

「待っててもらえますか。わたしもすぐに行きますから」

走って席に戻ると、子供が急病らしい、と上司に告げた。帰り支度など整えている余裕はなく、通勤時に持ち歩いているバッグだけを摑《つか》んで社屋から飛び出した。

拾ったタクシーで公園に向かう。その車中で、ようやくわたしは理解していた。一昨日の晩、麻未に感じた違和感の正体を。

どうして気づかなかったのだろう。服だ。服が裏返しだったのだ。

あの日、麻未はわたしの服装を真似て、襟付きトレーナーは赤を、プリーツスカートはピンクを表にして着ていた。ところが、わたしが帰ったときには、トレーナーは白になっていた。スカートの方も、朝と違って青緑の面が表になっていたと記憶している。

もし自分で反転させたのでなければ、麻未は誰かに一度服を脱がされていた、ということだ。

公園とは反対側の車線でタクシーを降りた。そのときには、もう太陽は完全に西の空から姿を消していた。

夕闇が迫る横断歩道の前で、またわたしは立ち往生しなければならなかった。一秒でも早く向こう側に渡りたいのに、今日も車の列は長い。

じりじりしながら待ち続け、やっとヘッドライトの切れ目を捕《つか》まえた。

すぐ近くで悲鳴のようなものが上がったのは、走り出して五歩もいかないうちのことだった。それがアスファルトとタイヤの摩擦《まさつ》音だと分かるまで、ちょっと時間がかかった。

もう日没の時刻なのに、まだライトをつけていなかった車がいたらしい。

こちらへ向かってきたその車は、急ブレーキをかけたとはいえ、まだ相当な速度を保っていた。だからわたしの体は、アスファルトを転がる前に、二、三メートルばかり宙を舞う羽目《はめ》になった。

4

眠っている間に面会時間になっていたようだ。目が覚めると、ベッドサイドには一人の男が座っていた。

男の膝《ひざ》の上には麻未の姿がある。心配そうな顔でわたしの方へ瞳を向けている娘は、今日もリバーシブルの襟付きトレーナーを着ていた。

男にどう声をかけていいか分からず、わたしは戸惑《とまど》った。それは相手の方も同じらしい。定まらない視線が、内心で感じている気まずさをよく表している。

思いついて、わたしは枕元に手を伸ばした。通勤に使っているバッグから、折り畳まれていた画用紙を取り出す。

「それは何？」男が訊《き》いてきた。

「誰かさんの似顔絵」

場の空気がふっと緩《ゆる》んだのを感じた。とりあえず言葉を交《か》わせたことに、お互いがほっとしたせいだ。

いつか敏江が描いてみせた絵を広げ、手に持って掲げ、男の顔と並べてみた。

そっくりだった。さすがは長年美術を教えていただけのことはあって、敏江の筆は、元夫の特徴を細かいところまでよく捉《とら》えている。

「災難だったね」

「災難だったわね」

偶然、わたしと克昭は同じ言葉を同じタイミングで口にしていた。

わたしの災難は、もちろん車にはねられたことだ。太股《ふともも》の骨にひびが入っているため、あと二週間ばかり入院が必要だった。

克昭の災難は、ロリコンの性犯罪者に間違えられたことだ。

離婚に伴い親権を手放した親が、子に直接会って交流を持つ権利のことを面接交渉権と言うらしい。克昭がその権利を行使できるのは一か月に一回だった。

その取り決めを無視して、彼がそっと麻未を見に来ていることは知っていたが、その程度は仕方がないだろうと、わたしは黙認していた。

「ごめんなさい。あなたのことを、近所の人にちゃんと話しておけばよかったわね」

離婚は恥。そう感じる気持ちがあったことは否《いな》めない。誰かに向かって、夫と別れたことを、自分から口にする気にはなれなかった。敏江ぐらい親しい間柄であってもだ。

「ところで、昨日一日、ベッドの中で考えたんだけど……」

この際だから、いま胸のうちにある結論を、思い切って克昭に伝えてしまうことにした。

「麻未は、あなたと一緒に暮らした方がいいと思う」

白は物を大きく、黒は小さく見せる。そんなふうに、色というものは妙な働きをする。

特に不思議なのは赤だ。心理的な興奮作用のほかに、この色にはもう一つ特徴がある。昼間なら目立つが、夕方になると驚くほど人目につかなくなる、という点だ。一昨日、わたしが車にはねられたのも、服装を赤系統でまとめていたせいだろう。

夕暮れの赤い服は危ないのだ。交通量が増えてきている地域ならなおさらだ。それを克昭は懸念《けねん》した。だから彼は麻未の服やスカートを脱がせ、裏返してやった。暗がりでよく目につく色は白や水色だ。

子供の安全を配慮できた父親と、できなかった母親。親権を持つにふさわしいのがどちらなのか、考えるまでもない。

「ママがあんなことを言っているけれど」克昭は麻未の耳に口を寄せ、囁《ささや》き声で言った。「どうしたらいいかな」

すると麻未は右手にわたしの手を、左手に克昭の手を握った。そして、いつかと同じように、自分の方に引っ張り始めた。

わたしも彼も、もうその手を振り払おうとはしなかった。

苦い厨房
<ruby>ちゅう<rt></rt></ruby><ruby>ぼう<rt></rt></ruby>

1

ゴーヤを縦《たて》半分に切った。種とわたをスプーンで取り除き、薄くスライスしてから、さっと水につける。

そのゴーヤをハンバーガー用のバンズに挟《はさ》みつつ、わたしは、隣の調理台にいる郭峰花《かくほうか》へ視線を向けた。

峰花は先ほどまで、包子《パオズ》――日本語で言うなら肉まん――に和食の風味を加えようと試行錯誤していた。

だが、いまは小麦粉の生地で漬物を包む手を休め、代わりに調理台の上で料理の本を開いている。その表情は浮かない。どうやら本に書いてある言葉の意味が理解できずにいるらしい。

できあがったゴーヤバーガーを一つ手にし、わたしは峰花に近寄っていった。

気配を察知した峰花が顔を上げた。時計の針はもう午後十時を回っている。営業を終えた飲食店ほど静かな場所はない。

「分からないことがあったら、遠慮なく訊《き》いてよ」

「助かります。——これの意味、何てすか」

中国から日本に来て半年。まだ濁音《だくおん》の発声が苦手な峰花が指差したのは「あたりごま」という言葉だった。

「すりごまのことだよ。『する』だと縁起が悪いから、敢《あ》えて反対の言葉を使っているわけ。ほら、するめをあたりめと言い換えたりするでしょ。あれと一緒」

「そうてすか。納得しました」峰花はぺこりと頭を下げた。

「ところで、メニュー開発は順調に進んでるかな」

「まあまあてす。当間《とうま》さんは、とうてすか」

「こっちもまずまずってとこ」

来月——十月の中旬に、県の飲食店組合が主催する、オリジナルB級グルメのコンテストが開催される。

創作料理店『デリシオーソ』のオーナーである土居《どい》も、このコンテストへの参加を決めた。そして厨房《ちゆうぼう》スタッフ七人のうち、女性二人——わたしと峰花にメニューを考えさせ、優れている方を出品することにした。

さらに土居はコンテストの前に「店内予選」を開催すると言い出した。長く店に通っている常連客を十人招待し、わたしと峰花が作った料理を食べ比べてもらい、気に入った方に票を投じてもらうという企画だ。これは九月末日の午後六時から開かれる予定になっていた。

土居は、かなり社交的な性格で、毎晩のように客席に顔を出して来店した馴染《なじ》みの客と長々と話し込んでいる。一日の売り上げはいくらいくら、警備会社が集金に来るのは毎月何日と何日……。企業秘密に属するような事柄まで喋《しゃべ》ってしまうこともあるようだった。そこまで開けっ広げな性格のオーナーだからこそ思いついた企画と言えた。

この予選で、もしも峰花に負けてしまうようなことがあれば、先輩としての立場が危うくなる。

密《ひそ》かに闘志を燃やしたわたしは、自分の出身地である沖縄《おきなわ》の名産品、ゴーヤを使ったハンバーガーで勝負することに決めたのだった。

わたしは、峰花が使っている調理台に載《の》ったいくつかの包子を指差した。「これがあなたの試作品ね」

「そうてす」

「もしよかったらさ、これから二人だけの試食会をやってみない」わたしは後ろ手に隠していたゴーヤバーガーを峰花に見せた。「ただし感想は言いっこなし。親指を上げたり下げたりのジェスチャーもなしね。お互い、どうしてもお世辞が交じるだろうから。ただ黙って食べる。どう？」

「分かりました。やりましょ」

まずわたしが峰花の包子を一つ食べた。かなり美味《おい》しかった。やるじゃない。賞賛の気持ちを目にこめて、わたしは峰花を見つめた。

一方、こちらのゴーヤバーガーを半分ほど食べた峰花は、表情に変化を見せず、わたしの顔を一瞬ちらりと窺《うかが》っただけで、あとは目を伏せてしまった。

「もう遅いので」下を向いたまま彼女は言った。「わたしは帰ります」

「どうぞ。戸締《とじま》りはこっちがやっていくから」

新メニューの開発期間は厨房を自由に使っていい。そう言われて、わたしも峰花も、店の鍵を土居から渡されていた。

峰花が厨房からいなくなると、入れ違いに二階にある事務所から土居が下りてきた。

「オーナー、まだいらっしゃったんですか」

「ああ。明日、売上金の集金があるんでね。今日のうちに帳簿を整理しておいたんだ。――律《りつ》ちゃんこそ、まだ頑張っていたのか。よく疲れないな」

朝からもう十二時間以上も調理台の前に立っているが、高校時代に女子レスリング部の主将としてならしたわたしは、足腰が丈夫なのだ。ほとんど疲れなど感じていなかった。

「ところで、メニュー開発は順調に進んでるかな」

土居は、先ほどわたしが峰花に言った台詞《せりふ》をそのまま繰《く》り返しながら近づいてきた。

「これか。一つもらうよ」

待ってくださいと言う前に、土居は先ほど峰花に食べさせたバーガーの残りを手に取り、口に持っていってしまった。

「何だよ、これ」彼は顔をしかめた。「苦すぎねえか」

苦いのは当然だ。この試作品は、峰花を油断させるために作ったダミーなのだから。不味《まず》いバーガーを食べた彼女は、何だ相手はこの程度か、とこちらを見くびるはずだ。それが狙《ねら》いだったのだ。

2

わたしの家は店から徒歩で二十分ほどの距離にあった。

帰宅すると、まず洗面台の前で口を開いた。舌こそ料理人の商売道具だ。舌苔《ぜったい》は味覚障害の原因になるから、歯よりもべろを念入りに磨《みが》くのが常だった。

その後、風呂に入ってからベッドに潜《もぐ》り込んだが、午前四時ごろには目が覚めてしまった。

二度寝しようと思っても、頭の中はコンテストと予選のことで一杯だった。ゴーヤバーガーに、油で揚《あ》げた沖縄そばを挟んでみたらどうだろう……。そう思いついたら、いてもたってもいられなくなった。

店に行こうと決めて、わたしはベッドから出て身支度《みじたく》を整えた。

すでに九月も下旬だ。この時間ではまだ日は昇っておらず、外は薄暗い。

店に着いたのは、午前五時前だった。

厨房の電気をつけて驚いた。きちんと戸締りをして出たはずなのに、窓が一か所、人一人分が通れるほどの幅で開いていたからだ。

泥棒が侵入したに違いなかった。よく見ると、窓ガラスには小さく割られている箇所がある。そこから手を入れ、鍵を開けたらしい。

賊はいま、おそらく金庫のある二階の事務所にいるのだろう。階下の明かりに気づいたら、そいつが下りてくるかもしれない。わたしはとっさに、もう一度電気のスイッチに手を伸ばし、再び周囲を暗闇に戻した。

足音を殺して厨房を出る。相手に気づかれないよう建物の外まで戻り、そこからスマホを使って警察に連絡しよう。そう考えながら真っ暗な廊下を進み、出口を目指した。

すぐ近くに誰かの息遣《いきづか》いを感じたのは、そのときだった。わたしは声を出そうとしたが、その前に口を手で塞《ふさ》がれてしまっていた。

暗がりの中で揉《も》み合った。体つきからして、相手は男に違いなかった。わたしは男の背後を取った。レスリングの経験が、こんなところで活《い》きるとは思わなかった。

賊は目出し帽で顔を覆《おお》っているようだった。その帽子を剝《は》ぎ取ってやったが、この位置からでは顔がまったく見えない。わずかの照明もないとあっては、髪型もよく分からなかった。

とりあえず絞《し》め落としてやろうと腕に力をこめたとき、今度こそわたしは悲鳴をあげていた。

相手が思いっきりわたしの左手首を嚙《か》んだからだ。

あまりの痛さに、たまらず腕を離してしまった。その隙《すき》に、男はわたしの体に肘鉄《ひじてつ》を食らわした。

腹に強烈なダメージを受け、まともに呼吸することが難しかった。賊は脱兎《だっと》のごとく逃げ去った。だが、わたしの方は、追いかけるだけの戦意を喪失してしまい、手首を抱えてうずくまることしかできなかった。

3

今日の店内予選には、絶対に負けられない。

レスリングをやっていたころのように、わたしは自分で自分の頰《ほお》を叩《たた》き、気合いを入れてから準備に取り掛かった。

この数日間は焦《あせ》りっ放しだった。

泥棒と格闘したのが四日前、九月二十六日の明け方だ。

その日は午前中に、病院で、嚙まれた手首と殴《なぐ》られた腹部の手当てを受けた。

その後は、捜査を担当する北山という刑事から事情を聴取された。犯人に嚙まれた手首については、鑑識の係員から何枚も写真を撮られた。

北山から聞いたところ、幸い、盗まれたものは何もなかった。どうやら犯人は金庫を持ち去ろうとしていたらしい。実は、事務所に置いてある金庫は、重さが五十キロ程度しかなかった。背負いバンドなどの道具を巧《うま》く使えば、一人でも持ち出すことができる重量だ。

手首はともかく、腹部の打撲については精密検査が必要で、そのまま病院に一晩入院する羽目《はめ》になってしまった。

午後の面会時間になると、夜の営業が始まる前の空き時間を利用し、店のスタッフが全員そろって見舞いに来てくれた。その際、みんなの前で、左手首に巻いた包帯を取って見せた。犯人に嚙まれた痕《あと》が、U字形の傷になってくっきりと残っていた。

検査の結果、腹部には異常がなかった。病院から戻ったあと、わたしはすぐに店に出たかったのだが、土居から強制的に休みを取らされてしまった。そのため今日の店内予選会まで、厨房を使うことができなかった。そのあいだは、しかたなく、ゴーヤバーガーに揚げた沖縄そばを組み合わせる研究は、自宅の台所で行なうしかなかった。

今日に至るまで犯人は捕《つか》まっていないから、捜査は難航しているようだった——。

ほかのスタッフは休みで、店に出ているのは、わたしと峰花、そして土居だけだった。

十人分の準備に追われながら、わたしは峰花の方を盗み見た。

あれ、と思った。

彼女はいま蒟蒻《こんにゃく》、大根、はんぺんといった食材を串に刺している。そばにある鍋からはカレーの匂いが漂《ただよ》ってきていた。どうやら包丁は止《や》めにして、カレーおでんを出すことにしたらしい。

わざわざ得意の中華料理で勝負をする必要はないと考えたのだろうか。そうだとしたら、油断を誘うわたしの作戦が見事に効いた、ということだ。

正午過ぎから始めた準備は、午後六時前には終わった。目の前には、揚げた沖縄そばを中心に、紅芋《べにいも》やミミガーなど同地の食材をたっぷり挟み込んだ、当間律子《りつこ》特製のゴーヤバーガーが十個並んでいる。

「当間さん」

店内予選を直前に控《ひか》え、普段は無口な峰花が、彼女の方から話しかけてきた。

「一つ、賭けをしませんか」

「どんな？」

「負けた方か、後片つけを一人てするんてす」

　舐《な》められているのだろうか。わたしは内心、むかっとしながら答えた。「面白いわね。乗った」

　午後六時きっかりに、土居と峰花とわたしがホールに出て行き、集まった客に挨拶《あいさつ》をした。

『デリシオーソ』で出す料理は盛りがいいので、客は男性がほとんどだった。したがって、今日、審査員として集まった常連も男ばかりだ。

二十八歳のITエンジニア、三十五歳の証券マン、五十一歳の塾講師……。よく見る顔ばかり並んでいる。特に四十二歳の酒屋店主、大川《おおかわ》は一番の古株で、もちろん今日も招待されていた。

　料理の作り手であるわたしと峰花にじっと見られていては、客も食べづらいだろうから、挨拶を終えたあとは、二人とも厨房に引っ込んだ。

　緊張しているうちに、結果発表の時間となった。

　投票の結果、もしも同数だったら、わたしもジャッジに参加する。そう土居は言っていた。だがその必要はまるでなかった。

　投票してもらうまでもなかったのだ。

　テーブルを見れば勝敗は明らかだった。わたしのゴーヤバーガーがきれいになくなっているのに対し、峰花のカレーおでんは、審査員の全員が全員とも、少し口をつけただけで、ほとんど残していた。まるで美味しくなかったということだ。

やった、という思いで拳《こぶし》を握り締めたあと、勝利の記念となるものが欲しくなった。わたしは、峰花に気づかれないよう、客が食べた後のテーブルを、スマホでそっと撮影しておいた。

4

ゴーヤを薄くスライスし、水に十分にさらした。それをボウルから引き上げ、塩もみを始める。

十月最初の厨房で、今日も自分の出身地ゆかりの食材を相手にしながら、わたしは峰花のことを考えていた。

彼女に勝ったという嬉《うれ》しさは、一晩たったいまでは、もうほとんど感じていなかった。代わりに頭の中は疑問で一杯だった。考えてみれば、おかしなことだらけなのだ。

峰花はなぜ、数あるメニューの中からおでんなどを選んだのだろう。

その味は、どうしてあんなに客たちから不評を買ったのか。言い換えれば、どうしてあれほど美味しくなかったのだろう。

結果は十対ゼロだった。それほど峰花のカレーおでんは失敗していた。ならば、勝ち目がないことなど、当の本人にもよく分かっていたはずではないのか。それなのに、なぜ「負けた方が片付けをする」などと賭けを持ちかけてきたのだろう……。

ズボンのポケットに入れていたスマホが鳴った。

《その後、お怪我《けが》の具合はどうですか》

聞こえてきたのは、北山刑事の声だった。重要な連絡かもしれないので、わたしは録音アプリを作動させ、通話を記録しておくことにした。

「ご心配なく。順調に回復していますので」

《それはよかった。ところで、先ほど土居さんに連絡しておいたんですが、いちおう当間さんにも直接お知らせしておきたくて電話しました。実は、今日の午前中に犯人を捕まえたんです》

北山は、その人物の名前を告げたあと、どういう経緯で逮捕に至ったのかも説明してくれた。

なるほど、そういうことだったのか……。

礼を言って電話を切ったときには、いま抱えている疑問がだいたい解けていた。

スマホをしまうと同時に、峰花が出勤してきた。

わたしは、塩もみをしたゴーヤをフライパンに入れ、油で炒《いた》めながら、厨房に顔を出した峰花に訊いてみた。

「この店の集金日を知っている人って、誰だと思う」

「オーナーとわたしたちですね。あと、警備会社《けいひかいしゃ》の人でしょうか」

「そう。でも、ほかにもいるよ。例えば、常連のお客さん」

フライパンの中に溶《と》いた卵を入れた。フライ返しでかき混ぜながら、わたしは続けた。

「オーナーは、常連さんたちに、店の情報をいろいろ喋っていたよね。集金日だけじゃなく、売上金の額とかまでさ。だとしたら、金庫の重さが五十キロしかなくて、うまくやれば一人でも事務所から持ち出すことができるという情報も、彼らに漏《も》れていたかもしれないでしょ」

「そうですね」

わたしはもう一度スマホを取り出した。録音していた先ほどの通話を再生し、スピーカーを通して北山の声が峰花の耳にも届くようにしてやる。

《犯人は、おたくのお店によく出入りしている客でした。酒店をやっている大川という男がいるでしょう。彼だったんですよ》

いまの言葉を聞いても、峰花は少しも驚かなかった。当然だ。犯人は常連客の一人ではないのか——そのように彼女は、とっくに見当をつけていたのだから。

スマホの音声をいったん止めてから、わたしは、完成したゴーヤバーガーを峰花に差し出した。

「これ、よかったら食べてもらえる？　大丈夫、今日のは苦くないよ。塩でもんだし、炒めて卵でとじてあるからね。わたしからの、お詫《わ》びとお礼のつもりだよ」

「お詫び……。お礼……」

意味が分からず、峰花は首を傾《かし》げている。

「お詫びというのはね、この前あなたに、わざと苦いゴーヤバーガーを食べさせてしまったから」

わたしは、峰花を油断させようとしたことを正直に告白し、頭を下げて謝った。

「お礼というのは、あなたが、大事なコンテストを諦めてまでも、犯人逮捕に協力してくれたから」

そう説明し、通話の続きを聴かせることにした。

《それはそうと、このたびはありがとうございました。犯人を捕まえられたのも、おたくの郭さんという方から貴重な証拠品を提供してもらえたからです。おかげで、こちらにある写真と照合することができました》

そんな北山の言葉をもう一度聴き終えたあと、わたしは昨日撮影した写真を画面に表示させた。犯人である大川が座っていたテーブルの皿も写っている。

なぜ峰花のカレーおでんは美味しくなかったのか。答えは一つしかない。彼女がわざと不味く作ったからだ。客が一口齧《かじ》っただけで残すように。

なぜ峰花は、負けると分かっていながら後片付けの賭けを持ちかけてきたのか。客の残した皿を下手に他人が触ったら、大事な証拠が台無しになってしまうかもしれないからだ。

なぜ彼女は、数ある料理の中からおでんを選んだのか。蒟蒻や大根、はんぺんといった食材が適当だったからだ。あるものを採取するためには——。

わたしは画面にタッチさせた指の間隔を広げ、食べかけのカレーおでんの画像を限界まで拡大してみた。

手首の包帯をさすりながら見入ってみると、思ったとおり、蒟蒻にも大根にもはんぺんにも、客たちの歯形がくっきりと残っていた。

風水の紅《べに》

1

午後五時。終業時刻の少し前に、わたしは席を立った。

今日、急須《きゆうす》を洗う当番は男性の若い社員に当たっていた。

「わたしがやるからいいよ」

当番の若手に言い、わたしは茶の道具を持って設計課のブースを出ると給湯室へ向かった。

事務服のポケットに忍ばせておいたビニール袋を取り出し、その中に茶殻《ちやがら》を入れる。捨てるなんてもったいない。こうしてもらっていけば家事に重宝《ちようほう》する。

反対側のポケットに入れておいたスマホが震えたのは、終業を知らせるチャイムが鳴り始めたときだった。

《仕事はもう済んだのかい》

辰子《たつこ》の声は今日も尖《とが》っていた。

「はい。いま終わりました」

《まさか残業なんてしないだろうね》

「しません。すぐに帰ります」

《午後六時厳守だよ。七時には客が来るんだからね》

こちらが返事をする前に、義母《はは》の方から一方的に通話を切った。

わたしはスマホをしまいながら給湯室を出て、一つ下の階にある営業課へ向かった。営業課のブースでは、ちょうど茉里《まり》が席を立ち、トイレへ向かうところだった。わたしは彼女のあとを追った。

女性社員の多い企業では、終業後、洗面台は取り合いになるのかもしれないが、男女比八対二の建設会社ではそんな心配は無用で、トイレには茉里のほか誰もいなかった。

茉里が鏡の前に行き、ポーチを開いた。マスカラを付け直している彼女の隣に、わたしは並んで立った。親子だから当然なのだが、茉里と辰子の顔立ちはよく似ている。

わたしは鏡の中の茉里に向かって言った。「あれ、本当だったよ」

何よ、あれって。勤め先を同じくする義理の妹は、口には出さず視線だけで訊《き》いてきた。

「前に茉里ちゃんから教えてもらったでしょ、風水メイクってやつ」

世の中には変わった時計が存在する。例えば、十二時間ではなく二十四時間で短針が一回りするタイプ。そういう時計の場合、文字盤には一から十二ではなく二十四までの数字が並んでいる。風水によれば、人の顔は、ちょうどそのような文字盤になぞらえることができるのだという。

わたしはそっと自分の右耳に触れてみた。

この位置が午前六時。そこから上にいって頭のてっぺんが正午。今度は下って左耳が夕方の六時。そして顎《あご》の先端が真夜中の零《れい》時に相当するそうだ。

この知識を応用してメイクをすれば、自分の予定に合わせて幸運を呼び込むことができるらしい。つまり、ある時間の部位にワンポイントの化粧を施《ほどこ》しておくと、その時間に幸運が起きるそうなのだ。

例えば午後一時から就職の面接があるとするなら、額の中央より少し左の位置に小さく化粧を施して事に臨《のぞ》む。そうすれば、後日めでたく採用通知が届くという寸法だ。

今日は午後二時から看板デザインのプレゼンがあったので、今朝出勤する前に、わたしは試しに、額の左上にワンポイントメイクをやってみた。

色はほんのりとしたピンク――透明感のある桃色がベストだというので、紅潤《こうじゅんしょく》色のチークをブラシで軽くつけておいた。結果、工業団地の入口に設置するための看板については、わたしのデザイン案が採用になったのだった。そう手短に伝えてから、

「サンキューだよ」

わたしは鏡を介し、茉里に向かって微笑《ほほえ》んでやった。

科学的に考えれば、メイクとプレゼンの間には何の関係もない。上手《うま》くいったのはただの偶然だ。偶然ではあるが、せっかく起きたのだから利用しない手はない。この出来事を枕にして、すっかり仲が冷え込んでしまった相手と、久しぶりに会話を持ちたかった。だが――。

「おめでとう」「よかったわね」「やったじゃない」。いずれの言葉も茉里の口からは出てこなかった。

「わたしはこれからクライアントの接待があるの。帰りは午前様になるかも。母をお願いね」

それだけを言うと、茉里はトイレから出て行ってしまった。

一人残されたわたしは、改めて鏡に向き直った。

今晩は辰子に関西から友人が来る。その手伝いという仕事が待っていた。寿司《すし》の出前は頼んであるが、簡単な前菜とお吸い物ぐらいは作らなければならないだろうし、辰子の機嫌を損《そこ》ねたくなければ、食事にも付き合った方がいい。もっとも客の方は、夕食だけ一緒にとったらすぐに帰るそうだから、午後九時ぐらいには自分の時間が持てるのではないか。

これはパソコンやＣＡＤソフトよりも、案外自分にとって一番使える商売道具かもしれない。そんなことを思いながら、わたしは左頰にワンポイントメイクを施していった。

2

小走りに帰路を急ぎ、午後六時前にはどうにか家に着くことができた。

買い物袋を玄関口に置くと、わたしは職場から持ってきた茶殻を土間に撒《ま》き、それに埃《ほこり》を吸着させてから箒《ほうき》で掃《は》いた。

そうして玄関の掃除を終えてから靴《くつ》を脱ぎ、家に上がった。視線を下に向け、廊下にゴミや糸屑《いとくず》が落ちていないか確かめながらリビングに向かう。

辰子はソファに座り、片手で雑誌を捲《めく》っていた。

「いま帰りました」

挨拶《あいさつ》もそこそこに、わたしは仕事用のスーツを着たままエプロンを首に引っ掛けた。

辰子がぎろりと睨んでくる。出社時と帰宅時は、こういう鋭い視線を当てられるのが常だ。身づくろいにうるさい義母は、嫁の服装や化粧に乱れがないかを、ことあるごとにチェックしないと気が済まないのだ。

「早かったわね」

皮肉だと分かったので、わたしは、すみません、とだけ小声で言って頭を下げた。

辰子はいま右の手首と左の足首に包帯を巻いている。

彼女の話によれば、怪我《けが》はいずれも転倒によるものだった。手首の方は掃除機のコードに躓《つまず》いて、足首の方は床に落ちていた広告紙で滑《すべ》って転んだときに、それぞれ負ってしまったものだ。先月の末と今月の頭に、立て続けに起こった出来事だった。掃除機をうっかりしまい忘れたのもわたしだし、古新聞を片付けた際、広告を一枚床に落としたままにしたのはわたしだった。

――心の中では、お袋はきみに感謝しているはずだよ。だけど性格が頑固だから上手く言えないんだ。お袋は自分の気持ちを素直に表現するのが下手なだけさ。

そんな夫の言葉だけを信じて今日までやってきたが、もしも「あんたのせいで怪我したじゃないか」などと責められるようなことがあれば、おそらくもう耐えられない。夫と離婚してでも、この家を出るつもりだった。

そうなると茉里との仲もさらに悪化するだろうが、もう構わない。かつては会社の同僚として親しく、自分の兄をわたしに紹介してくれもしたが、いざ義姉妹の関係になってみると、辰子の味方をし、わたしに冷たくあたるようになってしまった。そんな相手にもはや未練はない。

「さっさと前菜を作ってちょうだい」

相変わらず高圧的な口調の辰子に向き直り、わたしは背中に手を回した。エプロンの紐《ひも》を急いで結びつつ早口で訊《たず》ねる。「何にしますか」

「鯛《たい》の皮と胡瓜《きゆうり》の酢の物」

鯛の皮……。面倒くさそうだが口答えはできない。わたしは黙って冷蔵庫に向かった。

食卓の上に薔薇《ばら》の花を飾ったあと、辰子が片足を庇《かば》うようにして歩きながら、流しの方へ近づいてきた。お吸い物は彼女が自分で作るつもりのようだ。手鍋に蛇口から水を入れ始める。

と思いきや、辰子はすぐにはっとした顔になり、蛇口を閉めて水を止めた。

「どうしました？」

「かつおダシじゃ駄目《だめ》だわ。お客は関西人だもの。昆布じゃなきゃ」

「昆布なら冷蔵庫に入っていますよ」

「何言ってんの。使えないでしょ、ここの水じゃ」

この地域の水にはカルシウムとマグネシウムが多い。いわゆる硬水では昆布のダシがよく出ない。

「しょうがないから、壜《びん》入りのやつを買ってくる」

辰子は、キッチンの柱にかけてあった手提《てさ》げバッグを持つと、小走りに台所から出て行こうとした。

「待ってください」

わたしは、帰宅途中に買ってきたペットボトル入りの水を買い物袋から出し、ラベルに印刷してある「軟水」の文字を辰子の方に向けてやった。

「何だい、あり……。あるんなら、さっさと言っとくれ」

少しバツが悪かったのか、珍しく言い間違いをしたあと、義母は、二リットルのペットボトルを右手で受け取った。

3

辰子の友人が帰っていったのは午後九時前だった。

客を見送るために二人で玄関に出たあと、わたしは辰子の背中に続いて家の中に戻った。

辰子がトイレに寄ったので、わたしは急いで台所へ向かい、食事の後片付けを始めた。見るとシンクの中にたらいがあり、水が張ってあった。いつの間にか辰子が準備したものらしいが、きれいなのか汚れているのか分からなかったので捨てた。

「後片付けは自分がやるから、あんたはもう上がっていいよ」

ウールのセーターの上にエプロンを身につけながら、辰子が珍しくそんなふうに言ってくれたので、わたしは彼女の言葉に甘えることにした。

気詰まりな時間が過ぎ、やっとプライベートタイムが訪れた。とはいえ、わたしには自分の部屋がなかった。夫と一緒に使っている寝室が書斎で、部屋の隅《すみ》に置かれた鏡台の天板が机だった。スケッチブックを広げるとなると、その狭《せま》いスペースでは無理なので、ベッドを使うしかない。

仕事に取り掛かる前に、スマホで自分の顔を撮影した。「これから自宅で『サビ残《ざん》』します。いいアイデアが出てきますように」。そんな短文と一緒に、会員になっているSNSのサイトに画像を投稿した。学生時代からの友人と交流を持ち続けるのに、SNSというのはなかなか便利なアイテムだ。

ベッドの上にスケッチブックを広げた。工業団地入口の看板はうまくいった。気をよくして、次の仕事である大型商業施設の看板をあれこれ考え始める。風水メイクの力を信じて……。

そこでわたしは、はっと顔を上げた。いいデザインが思い浮かんだからではなかった。悲鳴が聞こえたからだ。物が倒れた音もした。

「お義母《かあ》さん、どうかしましたっ？」

壁の時計に目をやり、時刻がちょうど九時であることを確かめたあと、寝室を出て階段を駆け足で下りた。

キッチンに入る前から、わたしの鼻はやけに焦《こ》げ臭いにおいを捉《とら》えていた。火事だと分かったら、急に拍動が激しくなった。何が焼けたのか。

　息苦しいままキッチンに入り、目を疑った。床に辰子が倒れていた。着ていたセーターから煙が上がっている。いつの間にか脱いだらしいエプロンも、角の部分が少し焦げた状態で床に投げ出されてあった。

　焼けたのは義母自身だった。

4

　花の持ち込みを禁止している医療施設もあるようだが、この病院ではそこまで厳しい規制を設《もう》けてはいないらしい。一階にある売店にはカーネーションもライラックも置いてあった。

　こういう場所の店ならば、不吉とされる数には普段から気をつかっているはずなのに、八本と頼んだはずのバラは、数えてみると九本あった。一本を案内窓口の職員にもらってもらい、わたしは集中治療室のある二階へ向かった。

　茉里と一緒に来たかったが、彼女の方はどうしても抜けられない仕事があり、少し遅れて到着するという。

　面会とはいっても、直接会うことはかなわない。集中治療室の壁に設けられた小さなガラス窓を通して、ベッドに横たわる辰子を見ることができるだけだ。

上半身に広い範囲でⅡ度からⅢ度の火傷《やけど》を負った義母は、顔にも腕にも包帯を巻かれた状態でベッドの中にいた。毛布がかすかに上下しているから、生きていることはかろうじて分かる。

一昨日《おととい》――十一月七日の晩。午後九時に辰子はケトルをガスレンジにかけた。その際、火が衣服に燃え移ったようだった。急いで脱ごうとしたが、それはできなかった。「表面フラッシュ」が起きてしまったせいだ。ウールのセーターなど、外側が起毛した衣服に火が点《つ》くと、一瞬にして全体が炎に包まれる現象のことをそう言うらしい。辰子にできたのは、台所の床を転げ回ることだけだった。

皮膚の移植手術は今日の午後三時から行なわれる。最悪の場合は落命のおそれがあるらしく、覚悟はしておいてほしいと医者から告げられていた。

移植が失敗してくれたら……。そう思う自分がどこかにいることは否定できなかった。

バラの花束はナースステーションに預け、集中治療室を後にした。

病院から出ようとしたところへ、ちょうど茉里がやってきた。

「お義母さんの容態《ようだい》は落ち着いてたよ」

そう教えてやる前に、茉里はわたしの腕を取っていた。

「ちょっと来て」

受付ロビーの横には小さな喫茶室が設けられていた。茉里はそこにわたしを連れ込むと、隅の席に陣取り、スマホを取り出して操作し始めた。どうやら、わたしがいつも利用しているSNSのサイトに接続しているらしい。茉里も同じくそこの会員だ。

「これを見て」

茉里がこちらに向けてよこした画面には、わたしがサイトに投稿したわたし自身の写真が写っていた。日付は十月二十九日になっている。

「それからこれも」

茉里は画面をスクロールし、もう一枚の写真を見せてよこした。それもわたしが自分を撮った写真だった。こちらの日付は十一月一日だ。

「それがどうしたの」

「メイクよ。わたしが教えた風水のワンポイントメイク」

たしか、一枚目を撮影したのは土曜日だった。正午から開催される会社のバーベキューに出る前、午前中に家で撮影したものだ。

そのときのわたしは、髪をいわゆるひっつめにしていたため、額が全部見えている。カメラの性能がいいため画質は鮮明で、おでこの頂点部が薄く赤くなっているのがよく分かった。ここに紅潤色のワンポイントメイクを施したのだ。バーベキューの幹事を任《まか》されていたので、気合いを入れるためのメイクだった。

二枚目を撮影したのは、午前九時から異動の発表がある日だった。引き続き設計の仕事をやらせてもらえますようにと祈願し、額の右上――午前九時の位置にメイクを施してから出勤した。

「だから、それがどうしたの」

「母さんが怪我をした日を覚えてる？」

「ええ」

電気掃除機のコードに躓いて手首を怪我したのが十月二十九日。床に落ちていた広告紙で滑って転んで足首を挫《くじ》いたのが十一月一日だ。

「じゃあ、それぞれの時刻は」

わたしは首を振った。手首は昼間、足首は午前中としか認識していなかった。

「手首が正午で、足首が午前九時よ」

茉里が何を言わんとしているのか、やっと分かってきた。

つまり、わたしがワンポイントメイクを施した日時に、辰子は大きな怪我を負っている。そのように茉里は主張しているのだ。あのメイクは、母に害を加えるぞという決意の表れではなかったか、と。

茉里がスマホから顔を上げ、眉根を寄せた目で、じっとわたしを見つめてきた。疑いの念を剝《む》き出しにした視線だった。

「一昨日午後九時の火傷もそう。あなたが母の衣服に火を点けたんじゃないの。もしそうなら正直に言って」

茉里の眉間《みけん》が一層狭くなり、疑念に怒気が加わった。

「サンキューだよ」

それが、完全にわたしを加害者だと決めつけている義妹に対し、わたしの口から出た言葉だった。

は？　の形に口を開いた茉里に、もう一度同じ言葉で礼を言ってからわたしは立ち上がった。

「おかげで分かったから。どうしてお義母さんが怪我をしたふりをしていたのか。それに、どうして自分で自分に火を点けたのか。その理由が」

「待ってよ。母の怪我と火傷は狂言だったたっていうの？」

わたしは頷《うなず》きながら立ち上がった。

壜入りの昆布ダシを買ってくる。一昨日、慌てた辰子がそう言って買い物に出掛けようとした。あのとき難なく小走りに歩いてみせたし、重いペットボトルを包帯をした方の手で持ってみせもした。

また、火傷をする前に辰子はエプロンをかけていた。辰子のエプロンには難燃加工がしてある。まず燃えるものではない。それが焦げていたのは、敢《あ》えて燃やそうとしてコンロに近づけたからだろう。角を少し焦がしてから、すぐに消そうとしたのだ。水の張ったたらいをシンクに準備しておいたのは、そのためではないのか。だが、コンロに近づきすぎたため、着ていたセーターで表面フラッシュが起きてしまった。そう解釈するのが自然だ。

ゆっくりと茉里に説明してやりたかったが、わたしには他にやることがあった。

「ちょっと、どこへ行くの」

茉里の声を無視して喫茶室を出ると、わたしは病院の薄暗い廊下を歩いた。

もしかしたら、辰子はわたしに言いたかったのではないか。「ありがとう」の一言を。

ただ、これまで辛《つら》くあたってきた手前、素直には言いづらい。そこで何か偶然の出来事を枕として準備し、それにかこつけ、さらりと冗談交じりに言おうとした。

――転んだり火傷しそうになったけれど、この程度で済んだよ。もしかしたら、あんたの化粧のおかげかも。だったらありがとね。

そんなふうに。

女子トイレは廊下の突き当たりにあった。

洗面台の前に立ち、持参したポーチから化粧品を取り出す。チークのパレットを開き、ブラシの先にパウダーをつけた。カラーはもちろん紅潤色だ。

わたしは祈るような気持ちで、その毛先を、左こめかみの上――午後三時の位置に持っていった。

ヴィリプラカの微笑

1

「顎《あご》を上げて」

そう和世《かずよ》が言うので、わたしは少しだけ顔を上に向けた。

「もっと」

さらに顎を上げ、このぐらいでいいかと和世の方へ視線を向けると、棚《たな》に飾ってある小物類が目に入った。

靴《くつ》店を経営している和世は、よく外国に出かけている。海外の流行を研究し、ますますの商売繁盛《はんじょう》を期する傍《かたわ》ら、いろんな土産《みやげ》物を買い込んでくるのが常だ。

「駄目《だめ》。もっと」

結局、天井を見上げるような恰好《かっこう》になった。

「そのままじっとしていて」

「どれぐらい？」

「一分間」

長い六十秒だった。

「どう、気持ちが収まった？」

和世の問い掛けに、わたしは顎を下げてから首を横に振った。昨晩から続いている尚武《なおたけ》に対する怒りは、まったく収まってなどいない。

「変ねえ。うまくいくと思ったんだけど……」

「そもそも、どうして天井を向くだけでイライラが消えるなんて考えたわけ？」

「だって、あなたは怒るといつも顎を引くでしょう」

そうなのか。自分では気づかなかった。長い付き合いをしている和世だからこそ発揮できた観察眼か。

「多恵《たえ》ちゃんにかぎらず、日本人の場合は、怒ると顎を引く人が多いんだけどもね」

そういう姿勢になると顔が下を向く。視線は下から上に向けて、じろっと睨《にら》む恰好になる。怒りをストレートに表せない日本人に典型的に見られるポーズで……。

「それはつまり」長くなりそうな講釈を、わたしは途中で遮《さえぎ》った。「怒っているときのポーズと反対の姿勢を取れば、怒りが鎮まると思ったわけね。でも残念。そんなの効かなかったよ」

「みたいね。――それにしても、どうしてあんたのところは、そうしょっちゅう夫婦喧嘩《げんか》ばかりしてるのよ」

理由が分かれば苦労は要《い》らない。それが分からないからいつも衝突するのだ。

いまでは、会社から帰ってくる尚武の足音が家の外に聞こえただけで、わたしの胃はしくしくと痛むようになっていた。こんなことなら独《ひと》り身でいた方がよかった。婚期を逃したまま五十代に突入した和世が、いまは心底羨《うらや》ましく思えてならない。

その和世が突然、手の平を拳《こぶし》で軽く叩《たた》いた。何か思いついた顔になっている。

「ねえ、これを使ってみたら」

彼女は、棚に飾ってある小物類の中から、小さな像を一つ取り出してきた。

これも海外から買ってきたものだろう。見たところ、ギリシアだかローマだかの女神を象《かたど》ったものらしい。高さは十センチぐらいだ。ゆったりとしたローブを羽織《はお》り、ゆるくウェーブのかかった髪の下にある顔は、微《かす》かな笑みを湛《たた》えている。

「イタリアの土産物屋で見つけたの。店のおじさんが言うには、ヴィリプラカという女神の像なんだって」

和世が口にした言葉は、わたしにとって初耳だった。

「そのビリなんとかが、どうしたの」

「ヴィリプラカね。――これは夫婦喧嘩を調停する神様なの」

たぶん和世はこれを、店のレジ前にでも置くつもりで買ってきたのだろう。何か謂《いわ》れのある珍しい小物は、客と会話をするきっかけになるので、いい商売道具になる。それが彼女の持論だ。

その女神像を、和世はわたしの方に差し出してよこした。

「貸してあげる。この像を使えば、晴れて仲直りできるかもよ。うまくいったら尚武さんと一緒にワインでも飲みなさいな」

2

和世の家から自宅に戻り、玄関の上がり口でフェルト製の室内シューズを履《は》いた。爪先の部分に「ＴＡＥ」とわたしの名前が刺繍《ししゅう》してある。先月のわたしの誕生日に、珍しく尚武がプレゼントしてくれたものだった。ちょっと歩きづらい感じがするのだが、フェルトの肌触りがいいので、できるだけ履くようにしていた。

尚武はリビングのソファに座り、テーブルに足を載《の》せて新聞を開いていた。

わたしが向かい側に座っても、彼は足をどけようとはしなかった。ただし新聞の位置を少しだけ下げ、ちらりとこちらに視線を投げるぐらいのことはした。

今日も少し酒を飲んでいる。

おそらくわたしにまた文句を言いたいのだろう。尚武は喧嘩の前にはいつも一杯ひっかける。根が小心だから、そうしないと自分の女房相手でさえ言い争いの一つもできないのだ。

尚武の目に触れるよう、和世から借りた女神像を置くと、彼はようやくテーブルの上から足を下ろした。

「喧嘩の続きをしましょう。わたしに文句があるんでしょう。だったら、この像の前で言って」

「何だ、また妙な真似《まね》を始めやがって」

その調子、と思いながら次の言葉を待つ。

「だいたいおまえは怠《なま》け者なんだよ。ろくに家事もしないで、あちこちほっつき歩いていると思ったら、こんなガラクタなんか持ち込みやがって。何考えてんだ」

夫は五分間ほど口から細かい唾《つば》を飛ばし続けた。わたしは黙ってそれを聴《き》いていた。

毎回の夫婦喧嘩の際、自分にも非があることは分かっている。わたしは細かいことにすぐ苛《いら》立《だ》ち、辛抱できずにすぐ声を荒らげてしまうタイプだ。その点を反省しながら、尚武の言葉に耳を傾け続けていると、やがて彼は口を閉じた。

「もう十分なの？」

尚武は無言で睨みつけてきた。喋《しゃべ》りつかれた様子が見て取れる。

「いま、わたしは一切口を挟《はさ》まなかったよね」

「……それがどうした」

「今度はわたしの番。言いたいことを言わせてもらう。だけど、あなたもずっと黙ってて。その口を閉じたまま、最後までわたしの言い分を聴いて。約束してくれるわね」

「勝手にしろ」

「じゃあ、それがいまから、この二人のルールよ。ちゃんとルールを守るって、この像に向かって誓ってちょうだい」

「馬鹿らしい。だから勝手にしろって」

その言葉を誓いと解釈し、わたしは唇を舌でそっと湿らせ、ソファに座り直した。

「いい？　ちゃんと耳を澄《す》ましていてよ。――あなたはね、自分で自分を律することができていない。休みだからって昼間から酒を飲むなんて、心が弱い証拠」

和世の説明によると、古代ローマに生きた人々は、夫婦の間で諍《いさか》いが起きると、このヴィリプラカが祭ってある祠《ほこら》に出向いたそうだ。

祠の中では、像に向かって、夫婦が互いの言い分をぶつけていいことになっていた。ただし、一つだけ厳重な決まりがあった。一方が女神に訴えごとをしている間は、もう片方はひたすら口を閉じていなければならない、ということだ。

不満をぶちまけストレスを発散すれば、相手の言い分について考える余裕も生まれる。こうして古代ローマ人は夫婦喧嘩《しらふ》を解決していたという。

「文句があるならね、堂々と素面で言ってみなさいよっ」

わたしはソファの肘掛《ひじかけ》を、手の平で強く叩いた。ついでにテーブルの脚も、室内シューズの底で蹴飛《けと》ばしていた。喧嘩の最中に手足が動くことなど、これまでなかったのに。

これはたぶん、ヴィリプラカがもたらした効果なのだろう。古代ローマの女神像は軽く両手を広げている。その様子はいかにも、「さあ、思いのたけをすべて吐き出しなさい」と誘っているように見えるのだ。

女神に鼓舞《こぶ》されるまま、わたしも五分間ほどかけて、尚武に対する不満をぶちまけた。


夫が死んだのは、それから一週間後のことだった。

3

わたしはヴィリプラカの女神像を前に、一つ大きな溜《た》め息《いき》をついた。

夫の遺品の整理をしなければならないのだが、まだそんな気力も湧かなかった。あんな奴《やつ》はこの世からいなくなってしまえばいいんだ。何度もそう思った相手でも、本当に消えてしまうと、何か物足りない。

壁の時計に目を向けた。午後三時。ぼんやりしているうちに、和世と約束していた時間になっていた。

お茶の支度をしなければ。そう思って立ち上がると同時に、チャイム音が鳴った。

インターホン越しに見る和世は、黒いワンピースを着ていた。喪服の類《たぐい》は似合わないな。そう感じてしまうのは、彼女の明るい性格をよく知っているせいか。

「ごめんね」

玄関のドアを開けると、和世はぺこりと頭を下げた。尚武の葬儀の際、出張で他県にいたため参列できなかったことを詫《わ》びたのだ。

「それ、きつくない?」

お辞儀の姿勢をしたまま、和世はわたしの足元――フェルトの室内シューズを指差している。

「ううん、別に」

「そう? サイズが合わないのかな、と思ったんだけど。――だって、あなたの立ち方が、どこかいつもと違うから」

商売が商売とはいえ、そんな微妙な変化によく気づくものだと感心しながら、「実はね」とわたしは言った。

「ちょっと履き心地が変なのよ」

「そうなの? そんなに悪くないメーカーの製品だけどね。――履きづらいときは、底を調べてみるといいよ。何か貼りついているかも。紙切れ一枚くっついただけでも歩き心地が違ってくるから」

その助言に従い、わたしは片足を上げてシューズの裏を覗《のぞ》いてみた。紙切れは貼りつていなかった。

リビングに和世を通すと、彼女はちらりとテーブルの方へ目をやった。

「あれ、効果があった？」

ヴィリプラカについて言っているようだ。

それなら、残念だが「なかった」と答えるしかない。

像を間に挟み、それぞれの言い分を、互いに相手を遮ることなくぶちまけ合う。そんな試みを何度かやってみたが、夫婦仲が改善されることはなかった。数時間もたてば、すぐにまたいつもどおり言い争いが始まってしまう始末だった。

尚武が死んだときも、わたしたちは夫婦喧嘩の真っ最中だった。

二階の寝室で言い合いになった。こちらがさんざん喚《わめ》き散らすと、尚武は部屋を出て行った。わたしは追いかけ、その背中に向かって、言葉を投げ続けた。

夫が階段から転落し、脳挫傷《のうざしょう》で死亡したのはその直後だった。

尚武には申し訳ないことをしてしまった。そんな気がしてならない。

彼にも言いたいことがあったはずだ。その機会を与えてやれなかったのが残念だった。

「自分だけが主張しない。相手の言い分もちゃんと聴く」――それがわたしたちの定めた夫婦喧嘩のルールだったはずなのに。

先攻だけがプレーしたあとにコールドゲームになってしまった野球の試合。まるでそんな感じだ。尚武はきっと、階下に降り、一杯やってから反論するつもりだったのだろう。彼にも攻撃のチャンスを与えてやれなかったことが悔《く》やまれる。

二階に続く階段の前で、わたしたちは立ち止まった。和世がそっと合掌《がっしょう》し、目を閉じる。尚武が死んだときの状況は、簡単にだが、彼女にもメールで伝えてあった。

片方は壁、片方は手すりのみ。途中で湾曲《わんきょく》していない真っ直《す》ぐな階段で、勾配《こうばい》はきつめだから、ちょっと危ないなと以前から思っていたが、まさか本当にここで死人が出てしまうとは。

尚武自身も、あんな形で自分の命が終わりを迎えるとは夢想だにしていなかったはずだ。

和世が合掌しているあいだ、壁にかけた絵が斜めになっていることに気づいた。刑事か鑑識課員の体がぶつかったせいだろう。

四日前、夫が転落したあと、わたしはすぐに救急車を呼んだ。駆けつけた救急隊員が一一〇番に通報したらしく、間もなくこのリビングは警察官でごった返す羽目《はめ》になった。細かく事情を訊《き》かれたが、結局、事故死と認定され、尚武の遺体は荼毘《だび》に付《ふ》された。

夫の遺影は二階にあった。わたしが先に立ち、二人で階段を上る。

最後のステップまで来たところで、わたしは和世の方を振り向いた。「ここから滑《すべ》るから注意して」

二階の廊下はまるで油を塗ったように板が光っている。フローリングにたっぷりとワックスが塗ってあるせいだ。

まだ仏壇はない。あるのは遺影だけだ。それが置いてある部屋は、廊下の突き当たりにあった。

和世は、尚武の遺影の前に香典を置き、線香をあげてから振り返った。

「ごめんね。ついていてあげたいけれど、今日は仕事が忙しいから、もう帰るわね」

「ありがとう。大丈夫よ。しばらく独りきりで自由を楽しむことにする」

焼香を終えて戻る際、和世は階段に足をかける前に廊下の端でしゃがんだ。

「本当に危ないわね」

指先で板に触れながら、和世はそう呟《つぶや》いた。ワックスは、廊下と階段の境目ぎりぎりのところまで念入りに塗ってあるのだ。

「こんなところまでワックスを塗る必要はないんじゃないの」

「そうなのよ」

「そうなのよ、って……。多恵ちゃん、あなたじゃないの？　これを塗ったのは」

「わたしじゃないわよ。夫がやったの」

この点は、もちろん警察にも訊かれた。二階の廊下を磨《みが》いたのは、本当に尚武なのだ。ワックスのボトルや、この部分の床から検出された指紋も、夫のものだけだった。だから、わたしに対する刑事たちの追及もすぐに終わった。

「気の毒に、尚武さんは真面目すぎたのね。ここまでピカピカにきれいにしておいたせいで、自分で足を滑らせてしまったというわけね」

室内シューズにはちゃんと滑り止めをつけておかないと駄目だよ。爪先と踵《かかと》の二か所にね――というのが、階段を下りながら靴店経営者が教えてくれた、わたしへのアドバイスだった。

二人で玄関口へ戻った。

帰り際、和世はまたわたしの履いている室内シューズに目をやった。

「尚武さんには悪いけれど、歩きづらかったら替えた方がいいよ。うちの店にいいものいっぱいあるから」

「うん。今度また寄らせてもらう」

「お待ちしています。――それから、あのワックスも早く直しなさいよ。もたもたしていたら、次はあんたが犠牲になるかもよ」

「取ろうとしたわよ。だけどいくら雑巾で拭《ふ》いても取れなくて」

「何言ってるの。剝離剤《はくり》を使わなきゃ駄目に決まってるじゃない」

剝離剤？　たぶんそんなものは持っていない。ホームセンターに走る必要がありそうだ。

「あんた、そんなことも知らなかったの」

和世は本気で呆《あき》れ顔を作っている。そこまで家事に疎《うと》いのでは、尚武さんが苛立つのも無理はないわね。そんなふうに思っているのかもしれなかった。

「ところで、和ちゃん。あれ、まだ借りててもいい？」

「何だっけ、あれって」

わたしは軽く両手を広げて、「さあ、思いのたけをすべて吐き出しなさい」のポーズを作ってみせた。

4

家中の窓を全開にしてから、わたしは冷やしたタオルを首筋に押し当てた。

剝離剤とやらをホームセンターから買ってきて、さっそく使ってみた。面白いようにワックスが落ちたのはいいが、臭いのきつさには閉口した。

これだけの作業でだいぶ汗をかいてしまった。

わたしはタオルを団扇《うちわ》がわりに使いつつ、リビングのソファに体を沈めた。

テーブルの上に鎮座するヴィリプラカ像を見据《みす》えたまま、フェルトの室内シューズを脱いで手に持ってみる。

和世が言うには、「そんなに悪くないメーカーの製品」だという。なのに、どうして履き心地が微妙に悪かったのか。その理由が、先ほどやっと分かった。

わたしはシューズを裏返した。

ゴミも紙切れも付着してはいないが、反対に、あるべきものが、そこにはなかった。滑り止めだ。

和世によれば、それは靴底の前後に二つ貼るのが普通らしい。このシューズは、爪先の方にはちゃんと貼ってある。だが踵の部分には見当たらない。これが微妙に履き心地の悪かった原因だった。

夫は待ち構えていたのだ。二階廊下の端にワックスをたっぷりと塗り、そこに、滑り止めを欠いた妻の踵が触れるときを。

よかった、とわたしは内心で呟いた。

喧嘩の際は自分だけが主張せずに相手の言い分もちゃんと聴く。それがわたしたち夫婦のルールだった。わたしはそのルールを破ってしまったと思っていたが、そうではなかった。尚武も、自分の肚《はら》に溜めていたものを、ちゃんとこうして静かに吐き出していたわけだ。

わたしはテーブルの上を見つめた。そこに脚つきのグラスと、赤いワインを想像する。そして女神像に向かって「乾杯」と囁《ささや》きながら、実際にはないグラスの脚を指先でそっと持ち上げた。

——さあ、思いのたけをすべて吐き出しなさい。

そう女神に鼓舞されるまま、夫を階段の上から突き飛ばしてしまったときの感触が、まだありありと残っている指先で。

仮面の視線

1

ホテルの一階で朝食のカレーを食べていると、エシャンが迎えに来てくれた。今日も午前八時きっかりだ。この通訳兼運転手のインド人は、時間に正確だからありがたい。

「よかったら、これをもらっていただけませんか」

エシャンはリボンのついた紙袋を出してきた。

「ぼくからササキさんへのプレゼントです。いつもお世話になっていますので」

「そいつは嬉《うれ》しいね」

この場で開けてみたかったが、もう始業の時間が迫っている。わたしはプレゼントをバッグにしまい、若い相棒を促《うなが》しホテルを出ると、駐車場で車に乗り込んだ。

ハンドルを握るエシャンの横で、スマートフォンを取り出し、天気予報のサイトを開いた。仕事の場所が日本からインドに移っても、気象情報の確認が工事現場の監督にとって必須の業務であることに変わりはない。

西に向かって十分も走ると、背の高い建物はすっかり姿を消した。このあたりは、ホテルと、いまわたしが担当している小学校の建設現場との、ちょうど中間地点だ。ここから大通りをそれて横に入れば、エシャンが住んでいるパラージという名の寒村がある。

さらに十分ほど走って仕事場に到着すると、わたしはまず、日本から持参したラジオ体操のCDをかけた。そうして三十人ばかりいる作業員たちに準備運動をさせるのが日課だった。日本人の技術者はわたしだけで、あとはすべて現地のインド人だが、みなわたしの指示に素直に従ってくれる。おそらく、わたしができるだけ笑顔でいるせいだろう。そう、苛々《いらいら》することがあっても表情を繕《つくろ》う。それが人を使うコツだ。仮面こそリーダーの商売道具なのだ。

現場監督の仕事は目が回るほど忙しい。図面を片手に歩き回り、各々の作業チームに指示を出しているうちに、もう午後になっていた。

昼食を終えてからまずやったのは、コンクリートの製造を担当しているゴエルを呼び出すことだった。

「スランプ試験をしておきたい」

そう英語で言った。ゴエルなら英語ができるから、通訳なしに直接話ができるが、一応エシャンにも横についていてもらうことにする。

「分かりました」と答えたゴエルは、スランプコーンと呼ばれる底の抜けた細長いバケツのような容器を手早く準備した。それを地面に置き、中にフレッシュコンクリートを詰《つ》めていく。

こうしてからスランプコーンを真上に持ち上げれば、山形になったコンクリートが重力で崩《くず》れる。頂部から何センチ崩れたか、その落下高を測り流動性を求めるのがスランプ試験だ。

試験を実施してみると、コンクリートの山は、思いのほかぐしゃりと潰《つぶ》れた。メジャーで測ったところ、落下高は十九センチあった。

「不合格だな。練り直してくれ」

鉄筋コンクリートの場合、落下高は十二センチから十八センチの間に収まっていなければならない。それが日本の決まりだ。この建物も、日本の基準に従って作ることが、建築主である自治体との間で取り決められていた。

「残念ですが、無理です」ゴエルは太い眉の両端をぐっと下げた。「予備のコンクリートがまだ届いていません」

「困ったな」わたしは日本語で呟《つぶや》いた。今日中に基礎用のコンクリートが準備できていなければ、工事に大幅な遅れが生じる。わたしはあと一週間で日本に帰る予定になっているので、急がなければならない。足りない数値はわずか一センチ。このぐらいは誤差の範囲としてしまうか……。

そのとき、現場入口に見慣れない車が一台姿を見せた。白いボディに赤と青のラインが入っている。警察の車両だ。

車のドアが開き、ベージュ色の制服を着た警察官の一行が近寄ってくると、リーダー格らしい一人が、わたしに何か言った。ヒンディー語だから意味が分からない。わたしはエシャンに目を向けた。

「あなたが現場の監督ですか、と訊《き》いています」

エシャンの声を聞きながら、警察官に向かって頷《うなず》いた。

「この近くで死体が見つかりましたので捜査をしているところです。死んだのは、物乞《ものご》いをしていた老人です」

警察官が一枚の写真を取り出し、こちらに見せてきた。解剖の際に撮られたもののようだ。被害者の老人が写っているが顔は分からない。俯《うつぶ》せになっているからだ。その裸の背中には深く長い傷が何本も走っていた。

「どんな事件なんです？　殺人ですか」

「バーグにやられたんです。野生の」

「バーグというヒンディー語が、「虎」を意味することは、わたしも知っていた。

「虎は最強の猛獣とはいえ、動物には変わりありませんから、やっぱり人間の目は苦手なんです。ですから、人を襲うときは背後から飛び掛かるんですよ」

これは警察官ではなく、エシャンが自分で付け加えてくれた説明だった。

パラージ村からこのあたりにかけては、森が近くにあるため、よく虎が出没する。特に餌《えさ》が少なくなるこの冬場は、頻繁《ひんぱん》に迷い込んできて人を襲う、とも彼は教えてくれた。

「いまこの老人の身元を調べている最中です」警察官は写真をしまった。「というわけで、ここの作業員たちにも聞き込みをしたいのですが、よろしいですか」

「分かりました。どうぞ」

こんな場所に小学校を建てて大丈夫だろうかと不安になるが、子供たちの安全対策はいずれ別個にするつもりなのだろう。

警察官らが作業員たちに聞き込みを始めると、わたしは不合格のコンクリートを指差し、声を低くして言った。

「しょうがない。このまま使おう。ただし——」

エシャンとゴエルの目を覗《のぞ》き込むことで、これは他言無用だぞ、の意を伝えておくことは、もちろん忘れなかった。

2

資材の発注。重機の手配。工程の再確認……。

その晩、作業員たちが帰っても、わたしにはまだまだ仕事が山ほど残っていた。現場の隅《すみ》に建てられたプレハブの事務所で、電話片手に書類と格闘し、やっと仕事に一段落をつけたときには、もう日付が変わろうとしていた。

エシャンもとっくに家へ帰っている。呼び出して送り迎えさせることも考えたが、自宅に電話してもつかまらないだろう。彼は今日、どこかで行なわれる仮面祭りに行くと言っていた。

しかたなく、英語が通じるタクシー会社に電話し、一台来てもらうことにした。料金もあらかじめ確認しておく。ホテルまでの距離は五キロだから、百二十ルピー（約二百円）ということだった。

現場事務所を出て往来で待っていると、黄色いボディでルーフに行灯《あんどん》を載《の》せた車がわたしの前で停《と》まった。

乗り込むと、

「どちらまで？」

頭にターバンを巻いた運転手が、バックミラーを介して訊いてきた。ヒンディー訛《なま》りの強い英語だった。

「何だ、配車係から聞いてないのかよ」

日本語で小さく毒づきながら、ホテルの名前をもう一度告げ、先に百二十ルピーを払った。

財布をしまったとき、バッグの中に見慣れない紙袋が入っていることに気がついた。今朝、エシャンから渡された袋だ。開けてみると、出てきたのは軍手だった。左右とも、甲の部分に蓮《はす》の花が刺繡《ししゅう》してある。もったいなくて現場じゃ使えそうにないな。そう思いながら両手に嵌《は》めてみた。

しばらくすると、車が減速し、右に曲がったのが分かった。大通りをそれ、パラージ村へと向かっている。

「こっちは近道なのかい」

運転手に声をかけたが、返事がなかった。

やがて車が停まった。窓から外に目をやってみたところ、粗末な家が道の両側に立ち並んでいた。パラージ村の中らしいが、周囲にはまったく人気《ひとけ》がない。

運転手が背後を振り返った。「着いたよ」

「おいおい、何か勘違いしていないか。ここじゃないぞ」

わたしが投宿しているホテルはまだ二キロも先だ。

「いや、ここが限度さ。百二十ルピーで行ける場所はね」

「ちょっと待ってくれ。ホテルまでという約束だぞ。きみの会社に電話して、確認してみてくれ」

運転手は鼻でふっと笑い、薄汚れた歯を見せた。あんたこそ何か勘違いしていないか。

そんな嘲笑《ちょうしょう》だった。

そのとき気づいた。運転手の名前を書いたカードが車内のどこにもない。どうやら、うっかり勘違いして違法営業をしている車に乗ってしまったようだった。

「もっと先に行ってほしかったら、有り金を全部出しな」

その言葉と一緒に、運転手はどこからか大きめのナイフを取り出し、こちらに刃先を向けてきた。

驚いたわたしが、とっさにナイフを持った相手の腕をつかむと、揉《も》み合いになった。

気がつくと、運転手は助手席の方へ倒れていた。首にナイフが深々と突き刺さり、シートに血溜まりができている。わたしは動転し、ナイフを引き抜こうとしたが、相手が痙攣《けいれん》しているのを見たら、急に怖くなり、近づくことができなくなった。

そのうち、運転手はぴくりとも動かなくなった。目を剝《む》いているところを見ると、死んだに違いない。

わたしは自分の手で自分の口を押さえた。そうしないと声を上げてしまいそうだったからだ。

いますぐ警察に通報するか。いったん立ち去ってから匿名《とくめい》で報《しら》せるか。それとも逃げるか……。いろんな考えがめまぐるしく頭に去来したが、警察に通報という選択肢は早々に頭から消した。インドの刑法がどうなっているのか知らないが、この状況ではおそらく、過剰防衛ということで有罪になってしまうに違いない。

このタクシーを拾ったときも、周囲には人がいなかった。乗車したことは誰にも知られていないはずだ。それに幸い、軍手を嵌めていたおかげで、車内にほとんど指紋を残していない。上手《うま》くいけば逃げ切れるのではないか。

わたしはそっと車のドアを開けた。

足音を殺し、通ってきたルートを引き返す。誰にも会いませんようにと祈りながら、舗装されていない砂利《じゃり》だらけの道路を足早に進んだ。

ぎょっとして足を止めたのは、車を離れて一分ほど歩いた地点でのことだった。

そこは行き止まりになっていて、突き当たりの位置に石壁の平屋が建っていた。

その家の玄関前、暗がりの中に一つの人影が佇《たたず》んでいる。

わたしとの距離は十五メートルといったところか。暗いせいで服装はよく分からないが、顔だけはやけに白く浮き上がっていた。仮面を被《かぶ》っているせいだ。ハヌマーン――インド神話に登場する猿のお面だった。

その二つの目がじっとこちらに向けられていた。

3

カレーをナンにくるみ、むりやり口に突っ込んだ。

食欲はまったく無かったが、ホテルの従業員から怪しまれても困る。普段と同じように振る舞わなければならない。

昨晩、ハヌマーンの面を被った人物とわたしが対峙《たいじ》していた時間は、ほんの一秒程度だったと思う。

見られた。そう思った次の瞬間には、顔を伏せて駆け出していた。全速力でパラージ村を抜け出し、もと来た大通りに出た。あとは顔を伏せながら歩き、ホテルまで帰ってきたが、朝まで一睡もできなかった。

待てよ、と思ったのは、ベッドに寝転がり天井を見上げているときだった。ハヌマーンの人物。あの体形には見覚えがある、と気づいたのだ。

やがて午前八時になり、エシャンが姿を見せた。

「今朝、うちの村で、また人の死体が見つかったんです」

わたしは口元に運びかけたナンを皿に戻した。

「今度の犯人は虎ではなく人です。タクシーの運転手がナイフで殺されました。――あれ、ササキさん、顔色がよくありませんね。もしかして眠れなかったんですか」

エシャンの言葉にはかすかな頷きだけで応じ、わたしは席を立った。

車に乗って現場に向かっている間、二人ともずっと無言だった。

「昨日はありがとう」パラージ村にさしかかったところで、わたしの方から口を開いた。

「素敵な軍手だったよ」

「店でたまたま見つけたんです。刺繍が施《ほどこ》された軍手なんて、滅多《めった》に見かけませんから、思わず買っちゃいました」

「昨晩は、祭りを楽しんだかい」

「ええ。おかげさまで。もし、ぼくに恋人でもいたら、もっと満喫できたんでしょうけれど」

「そこを曲がってくれないか。日本へ帰る前に、ぜひきみの住まいを見せてもらいたい。いいかな?」

エシャンは頷き、ハンドルを切った。大通りからそれてパラージ村に入ったあと、少し走って彼は車を停めた。

「お恥ずかしいですが、あの小さな家です」

彼が指差したのは、思ったとおり、路地の突き当たりにある石壁の平屋だった。

「ちょっと訊くが、昨日、きみがお祭りから帰ってきたのは何時ごろかな」

「日付が変わった後ですね」

「たしか仮面祭りと言っていたね。きみは、どんなお面で参加したんだい」

するとエシャンは、ききっという鳴き声の真似《まね》をしてから、舌を上唇の下に突っ込んでみせた。猿のふりだ。

「ハヌマーンか」

「ご名答です」

白い歯を見せて笑った若い通訳兼運転手の瞳を、わたしは正面から見据《みす》えた。

「ササキさん、本当に顔色が悪いですよ。脂汗が出ています」

エシャンはグローブボックスから団扇《うちわ》を取り出し、わたしを扇《あお》いできた。そうしながら、何も心配しないでくださいよ、と言った。

「あのことは誰にも喋《しゃべ》りませんから。絶対に」

わたしはエシャンの手を押さえ、団扇の動きを止めた。

「本当だな」

「ええ。信じてください」

「分かった。――ところで、今日ちょっと残業してくれないか。図面の整理をしたいんだ」

4

車が駅ビルの前に到着した。助手席から降りる前、エシャンに代わって運転手を務めてくれたゴエルに、わたしは握手を求めた。

「ありがとう。ここまででいいよ。きみは忙しいだろう。もう仕事に戻ってくれ」

「そんな水臭いことをおっしゃらずに。最後までお見送りしますよ」

「そうか。すまないな」

ゴエルと一緒に駅ビルに入った。ここから列車でデリーへ出て、成田《なりた》行きの飛行機に搭乗する予定になっている。

「あなたと一緒に仕事ができてよかった。立派な小学校を建てますよ。完成したら、また来てください」

「もちろんだ」

二度と来るものかと内心で呟きつつ、力強く頷いた。

「そうそう。忘れるところでした。――これ、わたしからササキさんへのお土産《みやげ》です」

持っていた頭陀袋《ずだぶくろ》のようなバッグから、ゴエルが取り出して渡してきたのは、一つの仮面だった。一瞬ハヌマーンだと思ったが、よく見ると違った。猿ではなく人間の顔だ。

「ヴィシュヌの面です。インドでは最高の神様ですから、部屋に飾っておくと、きっと幸運が訪れますよ」

「ありがとう。大事にさせてもらう」

「それにしても、エシャンのやつ、どこに消えてしまったんでしょうね。もう一週間ですよ。そろそろ帰ってきてもいいころなのに」

　エシャンなら小学校の建設現場で眠っている。コンクリート基礎の中で。残業を頼んだ晩、わたしが彼の首を絞《し》め、そこに埋めた。

――許してくれ。こうするしかなかったんだ。

　あのことは誰にも喋りませんから。そうエシャンは言った。だが、そんな言葉が信用できるものか。警察から締《し》め上げられたら簡単に白状するに決まっている。「あの晩、村でササキを見かけました」と。

　そのとき、ふいにゴエルがわたしの耳に口を寄せてきた。「日本に帰っても安心してくださいね。あのことは誰にも喋りませんから」

　わたしは瞬《まばた》きを重ねた。ゴエルの顔がエシャンのそれに見えたせいだ。

「……『あのこと』って、どういう意味だい」

「ですから、ほら。これですよ」

　ゴエルは両手で何かを持ち上げる仕草をしてみせた。すぐにピンと来た。いつかのスランプ試験だ。コンクリートの数値。一センチの不足に目をつぶった。そのささやかな不正が、彼の言う「あのこと」なのだ。

そこまで思い至り、もしやと不安になった。エシャンの言葉も、いまゴエルが言ったのと同じ意味だったとしたら……。

悪い汗に全身が包まれるのを感じながら、わたしは待合室の椅子《いす》に腰を下ろした。隣にゴエルが座る。

——いや、これでよかったんだ。

とんでもない勘違いでエシャンを殺してしまったのではないか。そう心配したが、あの晩、彼がわたしを目撃したことは間違いないのだから、どっちみち死んでもらうしかなかったのだ。

「ササキさん、あれを見てください」

ゴエルが待合室の壁を指差した。そこには虎への注意を呼びかけるポスターが貼ってあった。日本では考えられないことだが、被害者の写真も何人分か、モザイクなどの修正がまったく施されないまま掲載されている。

「犠牲者には共通点があるんですが、気づきましたか」

「いや」

「ほら、みんな背中からやられているでしょう」

その点なら、以前エシャンからも教えられていた。虎も人間の目は苦手だから、襲うときは背後からだ、と。

「実は、わりといい方法があるんです。後ろから虎に飛び掛かられないようにするためのね。ご存じですか」

「……さあ。知らないな」

「お教えしましょう。被害の多いパラージ村の人なんかは、昔からよくやっているんですが、お面を使うんですよ。——ちょっと貸してください。こうするんです」

ゴエルはわたしの手からヴィシュヌの面を取ると、それを被ってみせた。顔にではなく、後頭部に。

戦争ごっこ

1

庭に水を撒《ま》き終えて家の中に戻ったとき、玄関の赤外線センサーが反応しないことに気がついた。

わたしは階段の下まで行き、二階に向かって、

「朋紀《とものり》っ」

息子の名前を大声で呼んだ。

返事はなかったが、耳を澄《す》ませてみると、ドタドタと騒ぐ足音が小さく伝わってくる。

わたしは階段を上がった。

二階廊下の突き当たりにある子供部屋からは、口真似《くちまね》で「ババババ」やら「ズガガガガ」、あるいは「ヒューン、ドカン」といった声が聞こえてきた。声は二人分だ。一つは中学二年生になる朋紀のもの。今は夏休み中で家にいることが多い。もう一つはぐっと幼く、四歳児ぐらいのもの。これは妹の子で、三日前から泊まりに来ている聡太《そうた》の声だ。

「聡ちゃん、『ヒューン、ドカン』ってのは間違いだよ。爆弾の音は、実際には『ジュル

ジュル、ガラガラドドーン』って聞こえるんだ」

そう朋紀が言うと、聡太はすぐに舌足らずな声で教えられたとおりの擬音語を口にする。

「そう。上手上手」

わたしはノックもせずにドアを開けた。

朋紀は床に腹這《はらば》いになって玩具《おもちゃ》の機関銃を構えていた。赤黒く日焼けした夏休み中の首筋に、薄《うっす》らと汗をかいている。聡太はベッドの上に立って、爆撃機のプラモデルを手にしていた。

「戦争ごっこはそこまで。——聡ちゃん。きみはお昼寝の時間だから、いまからそのベッドでおねんねだよ。朋紀、あんたは母さんと一緒に来なさい」

わたしは息子を促《うなが》して一緒に部屋を出た。そして階段を降り、子供部屋の真下に位置する和室へ向かった。そこは義父《ちち》である将良《まさよし》の部屋だった。

「お邪魔しますね」と声をかけてから引き戸を開けたが、将良の姿は見当たらなかった。

朋紀の腕をつかんで室内に入った。部屋の西側は押入れになっている。その前に立ち、襖戸《ふすまど》を軽くノックしてからスライドさせた。

押入れの中では、普段はきちんとたたまれているはずの敷布団《しきぶとん》が、いまは妙な形になっていた。こんもりと盛り上がっているのだ。それがかすかに震えているところを見ると、下に将良がいることは明らかだった。布団の形からして、正座をする恰好《かっこう》で頭を抱えているようだ。

わたしは押入れの襖戸をそっと閉め、廊下に出た。

「見たでしょ、いまの」後ろからついてきた朋紀に言った。「あんたのせいだからね」

上階で騒ぐ声が、下にいる将良に聞こえてしまったのだ。

今年八十歳になる将良は戦争を体験している。幼少時代にこの町で空襲に遭《あ》い、かなり恐ろしい思いをしたらしい。だから、ダダダだの、ドカーンだのと大きな声で騒がれると、当時の悲惨な体験を思い出し、パニックを起こしてしまうのだ。

アルツハイマー型の認知症。市立病院の医者が義父にそう診断を下したのは、ちょうど一年前、昨年八月のことだった。玄関に赤外線センサーをつけているのも、認知症を患《わずら》ってから、何度か近所を徘徊《はいかい》しているからだ。

「この家では、戦争ごっこはご法度《はっと》。いい？」

「しょうがないな。ラジャー」

わざわざ軍隊用語で答えたところを見ると、息子の反抗期はまだ継続中のようだ。

「ところで、今朝、古新聞を外に出しておくようにお願いしていたよね。ちゃんとやってくれた？」

朋紀は首を横に振った。

「じゃあ、タイヤの空気詰《っ》めは？　自転車の」

この問いかけにも同じ仕草で応じる。まったくよく仕事をサボる息子だ。

「家事に介護に子供の面倒。母親ってのはいつも手が足りないの。そんな主婦にとって一番頼りになる商売道具って何だか分かる？」

「さあ」

「でかくなった子供だよ。あんたぐらいに」

道具呼ばわりされても、朋紀はどこ吹く風といった様子だ。退屈そうに頭を掻《か》いただけで、文句の一つを言うでもない。

「古新聞はこの次でいいから、自転車はすぐにやっておいて。ついでに車体も磨《みが》いておくのよ。ピカピカになるまで」

「あぁ、面倒くさ」

去っていく朋紀の背中を見ながら、あれ、と思った。あと一つ息子に頼んでおきたい仕事があったはずなのだが、いったい何だっけ……。

とにかく早く義父を散歩に連れていかなければならない。わたしは義父の部屋に戻った。

「もう大丈夫ですよ」

布団を取り、背中をさすってやると、様子が少し落ち着いてきたようだった。

「いま空襲があったようだが、爆弾はどこに落ちた?」

「ここから離れた場所ですよ。我が家は無事です。——さあ、散歩の時間ですからね。出かけましょうか」

早くGPS機能がついた機種に買い換えた方がよさそうだと思いながら、義父が着ているワイシャツのポケットに携帯電話が入っていることを確かめ、頭に麦藁《むぎわら》帽子を被《かぶ》せてから靴《くつ》を履《は》かせた。

玄関ドアを閉めたとき、郵便受けの上にトイレットペーパーが一個置いてあるのに気がついた。古新聞の回収業者がいつも置いていくものだ。

朋紀のやつ。ちゃんと仕事をしたなら正直にそう言えばいいものを。素直になるのが気恥ずかしい年頃なのは分かるが、こっちの身にしてみれば付き合うのに骨が折れる。

将良の足取りは、今日もよたよたとしておぼつかない。商社マンとして颯爽《さっそう》と世界を飛び回っていた頃の面影は、いまの姿からは片鱗《へんりん》すら見出《みいだ》せなかった。

学習塾が建っている十字路まで来たとき、

「たまにはこっちに行ってみましょうか」

南側——公園のある方向へ義父を誘ってみた。だが、将良は何度も首を振ってそれを拒否した。

「分かりました。あっちはさっき空襲でやられた場所ですからね。やめておきましょう」

わたしは郷土史というものにほとんど興味がないのでよくは知らないのだが、実際にその公園には、爆弾の落ちた跡《あと》のような、いわゆる戦争遺跡というものが、一つ残っているらしい。

2

翌日は、普段からの疲れがどっと出てしまったようで、気がつくと台所のテーブルに突っ伏し、二時間近くも眠ってしまっていた。

朋紀は茶の間にいた。こっちに背を向け、テレビを見ている。画面に映っているのは花火大会の様子だった。先日録画した番組を再生しているらしい。音のボリュームはだいぶ大きめだ。

「もう少し静かにならないの？　そんなに花火が見たかったら、明々後日《しあさって》まで我慢して本物を楽しめばいいのに」

三日後に、地元の商店街が主催する花火大会が開かれる予定になっていた。

「明々後日だったら、こっちは北海道だよ」

そうだった。朋紀の通う中学校では、伝統的に修学旅行は夏休み中に行なわれる。二年生は全員、明日から四泊五日の予定で北海道へ向かうのだ。

「あぁ、せいせいする。早く行ってらっしゃい。――飛行機で行くんだよね。どこの会社だっけ。T航空?」

「そう」

T航空の旅客機は先月、飛行中にエンジンの一つが急停止するという事故を起こしたばかりだ。

別の会社にしてほしいわよね――そう言おうとしたが、思い直してやめにした。

事故を起こした航空会社の飛行機は、しばらく人気が低下するのでは、と思いがちだが、実は事故直後は逆に乗客が増えるのだそうだ。同じ会社の飛行機がトラブルを起こす確率は、他の航空会社の飛行機がそれを起こす確率より低いはずだ、との心理が働くからだ。

そんな話を、現役時代によく海外出張を繰《く》り返していた将良が、家族の前で披露《ひろう》したことがあった。

「そろそろ部活動に行かなくていいの? 今日は練習があるんでしょう」

「いま行くって」

ようやく朋紀がのっそりと腰を上げた。バドミントンのラケットを入れた瓢箪《ひょうたん》のような形のバッグを肩に担《かつ》いで茶の間から出てくる。

「はい、これ、返す」

朋紀は携帯電話を差し出してよこした。テレビを見ながら使っていたらしい。

「勝手にいじるなって言ってあるでしょ。何したのよ」

「心配すんなよ。別に悪いことに使ってないから。——行ってきます」

朋紀が玄関を開け閉めする音が、ここまで聞こえてきた。だが、それに付随《ふずい》して聞こえるはずの「ポロロン」という音は鳴らなかった。

そのときになってようやく、朋紀に昨日お願いしたかった家事が何だったのかを思い出した。赤外線センサーの電池を交換してほしかったのだ。

それはともかく、妙な胸騒ぎがして、わたしは台所を出た。義父の部屋に向かう。

嫌な予感は的中した。寝ているとばかり思った将良が見当たらない。一緒に昼寝をしているはずの聡太もいなかった。

庭にいるのかと思って外に出てみたが、そこにも姿はなかった。聡太は一人で外へは出ない。義父が連れていったに違いなかった。

わたしは、先ほど朋紀から返された携帯電話を再び手にした。義父にも念のために携帯を持たせてある。認知症になって以来、使い方を忘れてしまったようだが、運がよければ応答してくれるはずだ。そう思ってかけてみた。
十四、五回ばかりコール音を聞いたあと、
《……もしもし》

返ってきたのは幼児の舌足らずな声だった。聡太だ。やはり義父と一緒にいるということだ。将良のポケットから取り出して応答してくれたようだ。

将良に代わってもらうか。いや、いまの義父と比べたら、この幼児の方がまだ頼りになるような気がする。

「いまどこにいるの」

《……分かんない》

「近くにどんな建物がある？」

《……おうちとかビルとか》

「じゃあ、どんな看板が見える。目に入った文字を読んで」

《……こ、の……は……の……に……の……が……さ、れ、て……ま、し、た》

聡太からはそんな応答しか返ってこなかった。まだ平仮名しか読めないのだから無理はない。しかし、これでは二人がいまどこにいるのか、まるで見当がつかない。

「そこを動かないで。その場にいなさい。お祖父《じい》ちゃんの手を握ってて。離しちゃ駄目《だめ》だよ。いい？」

聡太に言い置き、携帯の通話を保ったまま、わたしは固定電話から警察に通報した。いま単身赴任で他県にいる夫にも連絡をいれてから、外出する準備をした。老人と幼児の足だ。まだ遠くに行っていないのではないか。たぶん義父は馴染《なじ》みの散歩コースを歩き回っているものと思われる。自転車で走り回れば見つけられるかもしれない。

そんなこんなで十分前後の時間を食ってしまった。

わたしは焦《あせ》りつつ玄関を開け、庭先に置いてある自転車に駆け寄った。

だが、家の敷地を出てペダルをひと踏みしたところでブレーキをかけていた。通りの向こう側からやってくる三つの人影を目にしたからだった。

義父、聡太、そして朋紀だ。

「すぐそこの道を歩いていたから連れてきた。じゃ、今度こそ部活に行ってくるから」

朋紀は軽い調子で言い、二人をわたしに引き渡すと、くるりと踵《きびす》を返した。

3

今日は日中、格別暑かったため、将良の散歩はこうして日が落ちてから行なうことにした。

耳元で鳴る蚊《か》の羽音《はおと》を手で振り払いながら考える。さて、今晩のおかずは何にするか……。

連日この暑さだ。つい冷やし素麵《そうめん》や蕎麦《そば》で済ませてしまうが、これが夏バテの原因になる。ここらで一つこってりしたものを家族のために作った方がいいかもしれない。

妹たちが夫婦水入らずの旅行から帰ってきたから、聡太は彼女の家へ帰した。そのせいで少し寂しくなったが、幼児食について悩まなくていいのは助かる。

「お義父《とう》さん、今晩は何を食べたいですか」

そのときぱっと夜空が明るくなった。見上げると、赤い大輪の花が咲いている。続いてドーンと腹に響く音がしたときには、今日が花火大会の開催日だったことを思い出していた。

と、握っていた義父の手がぶるぶると震え始めた。

「お義父さん、どうしました」

急に将良が落ち着きを失ったことは明らかだった。

義父はわたしの手を振り払い、早足で歩き始めた。

「待ってください」

これが認知症を患っている八十歳の老人か。そう疑わしくなるほどの歩速で暗い夜道をずんずん進んでいく。

「そんなに急いだら転んじゃいますよ」

義父の背中を追ってわたしも駆け出した。その頃にはもう気がついていた。花火だ。花火が戦争を、空襲を思い出させたのだ。

予想できなかったのは義父の選んだルートだった。学習塾前の十字路。先日あれほど行くのを嫌がったくせに、いまはそこを南に向かって進んでいく。

やがて将良はその先にある公園に入っていった。

公園の一角には、柵に囲まれた場所があった。柵の向こう側は直径五メートルほどの窪《くぼ》地《ち》で、【立入禁止】の看板が立っている。

将良は、その柵を乗り越え、擂鉢《すりばち》状になった土地の中心部に、頭を抱えてしゃがみ込んだ。

よく見ると立入禁止の看板には、他の文字も書いてある。

【この窪地は先の大戦中に米軍の爆弾が投下されて出来ました】

「この、は、の、に、の、が、されて、ました」

平仮名だけを抜き出せば、そう読める文言だった。

4

赤外線センサーの電池交換は済んだが、今度は別の不具合が玄関口に見つかった。天井の電球が点《つ》かないのだ。

「母さん」

昨夕、修学旅行から無事に帰ってきた朋紀の声が茶の間から聞こえてきた。

「何か冷たいものちょうだい。かき氷でいいよ。シロップは苺味《いちご》で、多めにかけて」

「朋紀、ちょっと来て」

「無理。いま忙しい」

朋紀の声に重なる形で、カキンという打球音と大きな歓声も耳に届いた。高校野球の準決勝戦は佳境を迎えているらしい。

「ちょっと来なさいっ」

口調を強めてやると、茶の間から十三歳の丸顔が覗《のぞ》いた。

「あんた、『怠《なま》け母さん』の話を知ってる？」

「知らない。何それ。昔話みたいなやつ？」

「うん。外国に伝わる民話ってところかな。そのエピソードを一つ教えてあげるから、物置から電球の替えを取ってきてくれろ」

「くれろって何だよ」

「エピソードを一つ知りたかったら、取ってきてくれろ」

「はいはい」

返事は面倒くさそうだったが、早く野球の続きを見たいせいか、案外素早く朋紀は新しい電球を持ってきた。

それを受け取り、わたしは天井を見上げた。両手を上げ、踏み台がなければ天井まで手が届かないことをアピールしてから、朋紀に言った。

「息子や、見ただろ。このままでは電球を交換できない。わたしをおんぶしてはくれまいか」

「しょうがないな」

朋紀が電球の真下で軽く腰を屈《かが》めた。わたしはその背中におぶさった。

「これで届いたよ。しかし息子や。これはネジ式のソケットだよ」

「そんなの当たり前っしょ。ネジ式じゃない電球なんてあんのかよ、逆に」

「では息子や、母さんをおぶったまま、そこでそのまま左に廻《まわ》ってくれろ」

「はあ？」

「左に廻ってくれろ」

朋紀が言われたとおりにし、わたしは電球を手で押さえているだけで交換を完了した。

「ああ楽だった。ね、面白いでしょ。『怠け母さん』にはこういう楽しい話がたくさん詰まっているんだよ」

いま実演してみせたのは、本当は『怠け息子』としてヨーロッパのどこかに伝わっている話なのだが、そのことは黙っておいた。

朋紀は茶の間に戻った。高校野球の試合はもう終わっていたらしく、チャンネルを変え、やかましいバラエティ番組を見始める。

いつものわたしなら、そんなもので時間を無駄にするな、と小言を吐くところだが、今日だけは黙っていてやることにした。ちょっとは遊ばせてやってもいいだろう。

先日、義父がいなくなってパニックに陥《おちい》ったときのことを思い出す。なぜ朋紀はあのとき、興味もない花火の番組を、大音量で見ていたのだろうか。

いなくなった二人を無事に連れ戻すためだ。

朋紀は、将良が聡太を連れて徘徊に出たことに気づいた。彼もきっと慌てたはずだ。だが、はっと気づいたのだ。彼らを、ある一つの場所に誘導できる、ということに。

まず将良の携帯にこちらから電話をかける。将良が応答すればそれでよし。聡太が応答すれば、端末を将良の方に向けてもらう。次に、そうした状態で花火の――空襲の音を将良に聞かせる。これだけだ。

それを耳にしたら、将良が向かう場所は一か所しかない。

同じ航空会社は続けて事故を起こさない。爆弾の場合も同じで、同じ場所に二度は落ちない。だから一度落ちた場所が最も安全――人はどうしてもそう考える。昔、空襲警報が鳴ったとき、爆弾が落ちてできた穴に逃げ込んだ人間が多かった、というのはときどき聞く話だ。

ご苦労さん、と息子の背中に声をかけ、わたしは台所に行ってかき氷を作り始めた。

曇《くも》った観覧車

1

ゴーカートの黄色い車体が近づいてきて、ハンドルを握る川口多香美《かわぐちたかみ》の顔が再びはっきりと見えるようになった。キャスケット帽からはみ出た髪が、向かい風に軽く揺れている。

カートの時速は十キロを下回っているはずだ。それほど遅いのだが、ぼくはもっとゆっくり走ってくれと願った。少しでも長く彼女の姿をこの目に留《とど》めておきたかったからだ。

カーブの外側で、カートに向かって一眼レフのデジタルカメラを構えていた飯山《いいやま》が、

「カミちゃん、そんなに緊張しないで。笑顔笑顔」

そう囁《ささや》いた。すると、声が届く距離ではないにもかかわらず、多香美の口元が「はい」の形に動いた。

飯山と多香美はどちらも、耳にイヤホン型の受話器を装着しているらしい。また、両者とも衣服の胸元には、アクセサリーに見せかけたマイクをつけてもいるようだ。マイクは服の中を通って腰につけた無線機に繋《つな》がっている。だからこうして互いに会話ができるの

だ。

多香美のカートが、ぼくと飯山の前を通過し二周目に入った。それを合図にしたかのように、カートコースの向こう側にある観覧車がゆっくりと動き始めた。

レジャーランド、『みちのくラッキーパーク』のオープンは五月一日だ。あと一か月しかない。いまは連日、アトラクションの試験運転が行なわれている最中だった。

それと並行して、宣伝用のパンフレットの撮影も、こうして佳境に入っていた。もう一年以上前から、小冊子やチラシの類《たぐい》を何種類か作って施設の告知に努めてきたが、これがオープン前に作成する最後のバージョンだから、広報担当の責任者、飯山は、いつも以上の気合いを発している。

オペレーション課のぼくも、カートが万が一故障した場合に備え、撮影時には常に立ち会っていた。

「紺野《こんの》くん。どう？　似合うかな、これ」

声をかけられ、ぼくは背後を振り返った。そこに立っていたのは青木千草《あおきちぐさ》だった。彼女も多香美と同じく広報課のスタッフで、かつパンフレットの出演者として起用されたため、ここで出番を待っている最中なのだ。

二人とも衣装は自前だ。千草が自宅から持ってきたのは、ゆるっとした感じの茶色いカーディガンだった。

もう少し明るい色にすればいいのに。そう思ったが、いまさら別の服を持ってこいと言っても無理な相談だろう。

千草の問い掛けに、ぼくは指でOKのサインを作ってやった。ついでに、

「チグちゃん、もしかして、どっか具合悪くない」

不躾《ぶしつけ》だと思ったが、単刀直入にそう訊《き》いてみた。最近、彼女の顔色がよくないことに気づいていたからだ。

「あ、分かった？」千草はどこか嬉《うれ》しそうな顔をしながら、大袈裟《おおげさ》に眉をひそめてみせた。「ここんとこ寝不足でね」

それはこっちも同じだった。オープン前だから連日かなり忙しい。

「ここが軌道《きどう》に乗ったら、年休の消化競争でもしような」

早口で答えて、千草から多香美に目を戻すと、五周目を走り終えた黄色い車体は、ちょうどぼくたちの前で停止したところだった。

多香美が運転席から降りてキャスケット帽を脱いだ。そして、長い髪の下に隠れていた耳から受話器を取り外し、

「すみません。こういうのは、あまり慣れていなくて」

ぺこりと頭を下げてから、飯山に受話器を返そうとした。だが飯山の手はカメラでふさがっていたので、彼の後ろにいたぼくが代わりに受け取ってやった。その小さな装置をそ

っと握《し》り締めたのは、まだ微《かす》かに残っている多香美の温《ぬく》もりを感じたかったからだ。

いつか飯山から聞いたところによると、この通信装置はカメラマンにとって秘密の商売道具だという。望遠レンズで撮りたいとき、これがあれば、最長で五百メートルの距離から、モデルにポーズを指示することができるらしい。映画を見ていると、たまに、街の雑踏にぽつんと主人公が立っているシーンが出てくる。あのような場面では、たいてい役者は、耳にこうした装置をつけ、監督からの指示を受けて動いているそうだ。

「あの、わたしも無線機をつけた方がいいですか」

千草が、多香美と交代してカートに乗る前にそう訊《たず》ねると、飯山は手を振った。

「いや、それを使うのはもう止《や》めた。おれが下手に指示するより、自由に運転してもらった方がいい絵になりそうだから」

分かりましたと返事をしてから、千草は多香美の方に向き直ると、片手を顔の高さに上げた。その手に向かって、多香美がハイタッチをする。二人は親友同士だ。

千草がカートを運転し始めると、やがて飯山は、カメラから離した手でメガホンを作り、何度か同じ注意を大声で口にした。

「チグちゃん、さっきからカメラを見過ぎだよっ」

そのたびに頷《うなず》きを返しながら運転していた千草だが、何周かして、ぼくたちのそばまでやってきたとき、カートの速度を急に緩《ゆる》めた。

「おい、おれがいいって言うまで走ってくれよ」

飯山の指示とは裏腹に、黄色い車体は停止した。運転席を見てぼくは驚いた。千草の首ががっくりと前方に傾いていたからだ。

「チグ、どうしたのっ」

真っ先にコースに降り、カートの方へ駆け出したのは多香美だった。ぼくと飯山も彼女の背中を追うようにして、千草の許《もと》に向かった。

2

観覧車のゴンドラは、少しぐらい揺れた方が、乗っていて楽しいものだ。だが午後になって風が止んだせいで、いまはほとんど静止しているのと変わりがなかった。

天にも昇る気持ち。意中の女性と密室で二人きりになったときの心境を、そう表現するのは間違いだ。空に向かっていくのはこの一号ゴンドラだけで、ぼく自身の胸中はというと、緊張のせいでまったく落ち着かなかった。

すぐ目の前、手を伸ばせば届く距離に、その意中の女性——多香美がいる。

「カミちゃん、気分はどう。酔ってない？」

そう口にしながらぼくは、彼女がアウターの胸元につけているクローバーの形をしたブローチをじっと見つめた。うっかり目を合わせてしまうと、舌がもつれてしまうような気がした。

「……わたしは大丈夫。乗り物には強い方だから」

ぼくの問いかけに、多香美は少し間を置いてからそんな返事をよこし、顔を東側に向けた。

ぼくも同じ方角を見やった。遠くに六階建ての白い建物が見える。ここからの距離は四百メートルほどか。三日前、急病で気を失った千草が搬送された病院だった。

急性白血病――彼女に下された診断の結果を聞いて耳を疑ったが、その後で伝わってきた話によれば、現在は快方に向かっているそうだ。ただし、精神的に大きなショックを受けたりすると、免疫力が低下し、急激に病状が悪化するから油断はできない、ということでもあった。

ここから病院までの間に、視界を遮《さえぎ》る建物はない。今日は特に空気が澄《す》んでいるせいもあって、病室の窓に千草の姿が見えるような気がした。

それにしても、千草の代役に、まさかぼくが選ばれるとは思わなかった。

――考えてみりゃあ、女性二人より、男女ペアの方が絵になるよな。

パンフレットのモデルについて、そのように大きな方針の転換を打ち出した飯山に、恨みをぶつけたらいいのか、それとも感謝するべきなのか……。

そうこうしているうちに、ぼくたちを乗せたゴンドラは、地上十メートルほどのところで止まった。飯山が指示した高さだ。斜め下に目を転じると、その飯山がカメラを構えているのが見える。

——恋人がデート中という設定だからね。楽しそうにお喋《しゃべ》りをしてよ。

そう飯山からは指示を受けていた。

普通のゴンドラの窓はアクリル製だが、今回はそれを取り外し、ぼくたちの姿がクリアに写るよう、乱反射を抑えるガラスに換えてある。

厚みがそんなにないから、肘《ひじ》や足を強くぶつけたら割れてしまいそうだった。こういう改造をしたら法令違反になるような気もするのだが、オープン前に元通りにすれば問題ない、というのが飯山の言い分だ。

「さっきのよりも、こっちの方がいいね。のんびりできて」

沈黙が怖くて、ぱっと頭に浮かんだことを、ぼくは口に出した。午前中の撮影で多香美と一緒に乗ったのはコーヒーカップだった。ああいう動きの激しい乗り物はぼくの性に合わない。

「まあ本当言うと、高いところって苦手なんだけど」

「だったらさ」そう多香美が応じてくれるまで、また少し間があった。「下を見ちゃ駄目《だめ》だよ。目線は真っ直ぐね」

——真っ直ぐってことは、カミちゃんだけを見ればいいのかな。

調子に乗って、そんな台詞《せりふ》を吐きそうになったが、ぐっと我慢し、他の言葉を考えた。

「毎日これに乗っていれば、たぶん慣れるよね」

多香美がまた一拍置いてから、

「そうね。だったら、わたしも一緒に乗せてよ」

そう応じてくれた直後、飯山が撮影を終えたらしく、ゴンドラが下がり始めた。

まずい。もう時間がない。昇降口に戻るまで、言っておかなければならないことがある。

——カミちゃんのことが好きだ。付き合ってもらえないかな。

冗談めかして言うつもりだった。振られたら「なんちゃって」と誤魔化《ごまか》すことができるように、だ。

何度もおどけた口調で練習してきた台詞だった。だがいざ本番となってみると、緊張のあまり演技などしている余裕がなかった。気がつくと、ぼくはやたらと真剣な声で、その台詞を口にしていた。

多香美は瞬《まばた》きを繰《く》り返した。いま彼女が浮かべている表情を言葉にすれば、明らかに「困った顔」ということになる。気持ちが激しく乱れている様子がありありと分かった。

きっと断られる。

激しく悔《く》やまれたせいで、靴《くつ》の中で足の指が勝手にぎゅっと丸まった。こんなことなら黙っていればよかった。そう思いながらも、一縷《いちる》の望みを託《たく》し、ぼくは全神経を多香美の口元に注いだ。

3

斎場《さいじょう》からの帰途、マイクロバスの車内は静まり返っていた。エンジンの唸《うな》り声を除けば、この耳に届くのは、窓ガラスを打つ雨粒の音だけだ。

二十五歳で死ななければならなかった千草の無念を思うと、何の言葉も浮かばない。

聞いた話によると、彼女の体調は、四日前の午後から急に悪化したという。ちょうど、ぼくと多香美がゴンドラに乗っていたときだ。

――わたしも紺野くんが好きだよ。じゃ、付き合おっ。

その返事を多香美からもらって有頂天になっていた頃なのだ……。

重い足を引き摺《ず》るようにして、斎場への送迎に使った会社のマイクロバスから降りた。

事務所に入る前、みな互いに清めの塩をかけあったが、そんなことをしたら千草が可哀想《かわいそう》な気がして、ぼくは多香美にかけるふりだけをしてもらった。多香美も同じことをこっちに頼んできた。

今日は金曜日。明日と明後日《あさって》は休みだ。そんなわけで、今晩は多香美を最初のデートに誘おうと思っていたが、この状況では無理だ。千草の喪《も》が明けないうちは、とても浮かれた気分になどなれそうにない。

多香美に声をかけられたのは、午後三時からの休憩時間になったときだった。

「紺野くん、ちょっと協力してもらえる？　観覧車からの眺めを撮影したいんだけど」

見ると、彼女は手にカメラを持っている。

「それなら飯山さんに任せればいいよ」

「パンフレットに使う写真じゃなくて、チグのために撮っておきたいの」

「なるほど。分かった」

千草はこの施設のオープンに尽力したし、開業を誰よりも楽しみにしていた。

オペレーション課の上司に事情を話し、観覧車を一回転だけ動かす許可をもらってから外に出ると、雨は上がっていた。多香美はもうゴンドラの扉を開け、さっさと乗り込んでいる。

前回から一度も動かしていないから、昇降口に停《と》まっていたのは、あの記念すべき一号ゴンドラのままだった。

ぼくは外側から扉の鍵をしっかりと閉めたあと、操作ブースの中に入って運転スイッチを入れた。

観覧車がゆっくりと上っていく。ゴンドラ内の多香美にぼくは手を振った。彼女も同じ動作で応えてくれた。

ぼくは椅子《いす》に腰掛け、目を閉じた。千草の面影はいったん振り払い、これから多香美とどんな思い出を作ろうかと、あれこれ夢想することに努める。

その多香美を乗せたゴンドラは、地上から一番高い地点を通過し、やがて下りに入った。

異変が起きたのは、それから間もなくのことだった。ゴンドラの窓がかすかに揺れている。ぼくは何度か瞬きを重ねてから、一号車に目を凝《こ》らした。

間違いない、内側から多香美の足がガンガンと窓を蹴《け》っているのだ。

正規のアクリル窓なら少々打撃を与えただけでは罅《ひび》すら入らない。だが、一号車のゴンドラは撮影のために薄いガラスのままになっている。だから、それは簡単に割れた。

ぼくは椅子から飛び上がるようにして、操作ブースの外に出た。

「カミちゃんっ、何やってるっ。危ないよ！」

多香美はその声を無視し、地上から十五メートルほどの地点で、窓から上半身を外に出し始めた。

背後に、こちらに向かって駆け寄ってくる何人かの足音を聞いた。ぼくの出した大声を聞きつけ、事務所から他のスタッフが出てきたらしい。

駄目だ。やめろ。そう願うだけで、声を出せなくなっていた。ぼくは身振り手振りで、ゴンドラの中に引っ込むよう、多香美にサインを送った。

ところが彼女は、さらに大きく体を外に乗り出そうとしている。やがて臍《へそ》の位置が窓枠を越えた。もう間違いない。飛び降りるつもりでいるのだ。

こうなったら、自分の手で多香美を受け止めるしかない。ぼくはゴンドラの真下に向かって駆け出そうとした。だが、誰かの手で襟首《えりくび》を引っ張られ、止められてしまった。

直後、多香美の体が地面に激突し、鈍い音を辺りに響かせたあと、バウンドして少しだけまた浮き上がった。

4

月曜日の朝、出勤前にシャワーを浴びたあと、鏡を見ると頰《ほお》に薄く筋が入っているような気がした。

全身を強く打ち、いまも意識不明の重体のまま病院にいる多香美を思いながら、ぼくはヘルスメーターに乗ってみた。案の定、体重が前に測ったときより三キロ近く落ちていた。

快方に向かっていたはずの千草の容態《ようだい》が急変して亡くなり、ぼくと付き合ったばかりの多香美が自殺を企《くわだ》てた。

不可解な出来事が相次いだのはなぜなのか。この土日は、警察で事情聴取に応じた以外は何もせず、ずっとその問題を考え続けた。そして一つの結論に辿《たど》り着いたわけだが、それは今日の明け方になってからだった。

出勤すると、飯山を捕《つか》まえた。

「この前撮った写真を見せてもらえますか。カミちゃんとチグちゃんがモデルになっている方の写真です」

飯山は自分のノートパソコンを開き、画面に写真の画像データを表示させた。ぼくはそばにあったスツールを引き寄せ、飯山の隣に座った。

「おかしなことを訊きますけど」ぼくは飯山の耳に自分の口を近づけ、ぐっと声を小さくした。「チグちゃんはぼくに気があったと思いますか？」

すると飯山は唇の端に歯を覗《のぞ》かせた。「たしかおまえ、撮影のとき、おれの真後ろに立っていたよな」

ぼくは数日前の光景を思い出してから頷いた。

「だったら、いまの質問に対する答えは、これを見れば分かるはずだ」

彼の操作するマウスが、千草の写った画像を何点かピックアップした。多くの写真で、彼女の視線はカメラに向けられていた。

「あのとき、おれはチグちゃんに何度も注意したんだ。そんなにレンズを見るな、ってな。だけど、こうして考えてみると、おれは勘違いをしていたような気がするんだ。たぶん彼女は、カメラじゃなくて――」

飯山はふっと小さく笑ってから、ぼくの肩を軽く叩《たた》いた。

「別なものを意識していたんじゃないかな。だから、おまえの質問に対する答えは『イエス』ってことになる」

やはりか。迂闊《うかつ》にも、いままでまったく気づかなかった。多香美に夢中になるあまり、千草の思いをまるで察知できなかった……。

「もう一つお訊きしますが、撮影に使う機材はどこに置いてありますか」

「カメラとか無線機のことか？　それだったら倉庫だよ。入ってすぐの棚の上に放り出してある」

社員なら誰でも倉庫の鍵を使える。そして、いまの飯山の話によれば、無線機を持ち出すことも可能だ。

「飯山さんが使っている無線機のマイクって、アクセサリーにカモフラージュされているんですよね」

「ああ。花とか葉っぱのブローチに似せてある」

「だったら、その中にはクローバーもありますか」

その問いに飯山が頷いた瞬間、ぼくは、今朝到達した結論に誤りがないことを確信できた。千草の免疫力を低下させ、死に導いてしまったのは自分だ——そのように強く責任を感じたから、多香美は自ら命を絶とうとしたのだ。

つまりこういうことだ。

あるところに一人の女がいて、その友人の女と一人の男もいた。

女は知っていた。友人が男に惚《ほ》れていることを。

その友人が病に倒れて入院したとき、女は友人を励まそうと思った。折しも自分には、男と遊園地で遊ぶという仕事が課せられている。ならば、と女は考えた。自分に代わって友人に、このデートを楽しんでもらうことはできないか、と。

そこで無線機を持ち出した。友人が入院した病院はそう遠くない。これを使えば男の声を友人に届けられるし、友人の声を男に伝えることも可能だ。つまり、自分が中継器になれば、束《つか》の間《ま》だが、友人に男とのデートを楽しんでもらえるわけだ。

そう、中継器だ。これは友人と男のデートだから、自分は黒子《くろこ》に徹する。そのように女は決心し、自分の私情は一切交えず、友人の言葉だけを正確に口にすることにした。女の声が一拍遅れの発話となったのは、友人の声を受信してからの伝達だったからだ。

ところが女にとって、まったく予期しなかったアクシデントが起きた。男が恋愛感情を打ち明けてきたことだ。友人ではなく、自分に対して。

——わたしも紺野くんが好きだよ。じゃ、付き合おっ。

本当なら、女はそんな返事はしたくなかった。だが、友人の声には、そう答えてくれという訴えが含まれていた。そんな気がしてならない。

飯山がノートパソコンを閉じようとしたが、ぼくはとっさにその動きを遮った。いまはもう少しだけ、彼女たちの写真を見ていたかった。

不義の旋律

1

「佑《ゆう》ちゃん、あなた、いま怒ってるよね」

「いや、別に」

「本当？　さっきからこんな顔だよ」

広沢亜紀子《ひろさわあきこ》は両手の指先で左右の眉毛を吊《つ》り上げ、鼻の付け根に皺《しわ》を作ってみせた。

「すまん。たしかに怒っている」おれは正直に言った。「あれを見たら腹が立った」

カラオケボックスの二人用個室。室内に設置されたプラズマテレビへ向かって顎《あご》をしゃくった。

「テレビの画面を見ていたら、思い出したんだ。インタビューのことを」

某テレビ局による『犯罪被害者の声を聴《き》く』という企画があり、その中で、先日、おれは取材を受けた。

――妻を殺された恨《うら》みは、時間が経《た》っても、まったく消えていません。いまでも思っていますよ。加害者を殺してやりたいって。

インタビューにそう答えた。もちろん本心だ。

その映像が、本日、五月二十日夕方の全国ニュース番組の枠内で流される予定になっている。それを思い出したら、加害者への憤《いきどお》りの念がぶり返してしまったのだ。

「怒りを抑えるには、どうすればいいか知ってる？　いい方法があるんだよ」

「知らないね。教えてもらえるかな」

「他人が怒る姿を静かに観察すること」

なるほど、人間心理を突いた方法だ。

看護師の亜紀子はいつもいろんな知識を仕入れてきては、おれに披露《ひろう》してくれる。心理学は医療従事者にとって重要な商売道具だと、以前彼女の口から聞いたこともあった。

「師長さんにでも教えてもらったのか」

「いいえ。うちの旦那から聞いたの。――ねえ、わたしが怒ってあげようか。せっかくのデートなのに楽しもうとしないあなたを」

「ごめんよ。――今日、きみの旦那さんはどうしてる。普通に店で仕事かい？」

亜紀子の夫、清志《きよし》は『ジョイデイ』というホームセンターの店員をしている。そう亜紀子から初めて聞かされたときには驚いた。そこは普段からおれが頻繁《ひんぱん》に利用している店だったからだ。

たしかに、ときどき「ひろさわ」のネームプレートをつけた店員に出会うことがあった。半分頭の禿《は》げた五十年配の男――清志は、亜紀子より十一も歳《とし》が上だという。

「ううん。今日は休みで家にいるよ。ずっとテレビの前で寝転《ねころ》んでたわ。ニュース番組が好きだから、あなたのインタビューも目にするんじゃないかな、きっと」

休みと知って安心した。今日も帰り道に『ジョイデイ』で買い物をしてから自宅に戻るつもりでいた。

「で、どうする」夕方から夜勤だという亜紀子は、ちらりと腕時計を気にした。「ちょっと早いけれど、もうお開きにしちゃう?」

「いや、あと一曲だけやろう」

「じゃあ、選曲はこっちに任《まか》せてね。デュエットで歌えるやつにするから」

亜紀子はタッチパネル式の端末を器用に操作し始めた。

歌好きの亜紀子と逢瀬《おうせ》を重ねるようになって六年。不倫デートのコースはいくつか用意してあるが、どんな場合にも最後は隣市にあるこのカラオケボックスに立ち寄るのが通例になっている。

亜紀子が選んだ曲は、数年前にそこそこヒットしたバラード、『虹色のロケット』だった。歌詞はまるで覚えていないが、メロディはだいたい頭に入っている。映像を見ながらだったら、どうにか歌えるだろう。曲名にあるロケットは、綴《つづ》りの頭文字がRではなくLの方だ。宇宙を目指して空を飛んでいく装置ではなく、首にかけるアクセサリーを指している。

「そういえば、この曲名で思い出した」

イントロのメロディが流れている間、亜紀子は手早くハンドバッグを開き、そこから小さな紙袋を出した。袋の中に入っていたのは銀色の小さなロケットだった。

「見つかったのか。よかった」

チャームが開くようになっていて、中に小物を入れられる、よくある楕円《だえん》形のロケットペンダントだ。交際五周年を記念し、去年、おれが贈ったものだった。

ロケットを受け取り、チャームを開いてみた。二人で並んで撮った小さな写真が入っている。関係を解消するときは、取り出して二つに破ってしまおう——そんな約束を背負っているスナップショットだ。

出会いの不思議を思う。八年前に、ある男に妻を殺されなければ、そして、事件のショックで市立病院の精神科に通うようにならなければ、亜紀子と知り合うこともなかった……。

「どこにあったの、これ」

ロケットを亜紀子に返しながら訊《き》いてみた。

「お風呂場。洗濯機の陰に転がっていた。失《な》くした場所だから、たぶん夫には見られてないと思う」

たぶん、か……。少し心配だが、起きてしまったことはしかたがない。

イントロが終わり、亜紀子がマイクを口元に持っていく。一拍遅れで、こっちもその動きをなぞった。

ところがこのとき、急に嗚咽《おえつ》がこみ上げてきた。そのせいで喉《のど》が詰《つ》まり、おれはまったく言葉を発することができなくなってしまった。

【真っ赤に燃える炎の中で、いまのわたしは息もできない】

画面が涙で霞《かす》んで見えなくなった。

2

不倫デートからの帰途、『ジョイデイ』に立ち寄った。キャップを被《かぶ》り、店の入口をくぐったとき、時刻はもう午後六時を過ぎていた。

カラオケボックスを出て、バス停に向かった亜紀子は、もう病院に着いて仕事を始めていることだろう。

ホームセンターとはいっても食品も扱っているから重宝《ちょうほう》する。この店があれば、生活のすべての面で用が足りてしまう。

カップラーメンと缶ビールを入れた買い物カゴを手に、会計レジへ向かった。その途中、家電製品が置いてあるコーナーを通ると、画面に自分の姿が映っていた。自宅のテレビで予約録画をセットしてきたから、家に戻ってから見ればいいのだが、つい立ち止まってしまう。

《加害者に対して、いま、どのような感情をお持ちですか》

インタビュアーが向けてきたマイクに向かって少し体を傾けてから、画面の中のおれは口を開いた。

《妻を殺された恨みは、時間が経っても、まったく消えていません。いまでも思っていますよ。加害者を殺してやりたいって》

妻は、放火による火災で、煙に巻かれて死亡した。

【真っ赤に燃える炎の中で、いまのわたしは息もできない】――あの歌詞が八年前の事件にシンクロしてしまい、つい涙ぐんでしまったのは迂闊《うかつ》だった。おかげでせっかくの密会なのに気まずい雰囲気になってしまった。

狭《せま》い額《ひたい》、離れた両目、尖《とが》った顎――只野衛《ただのまもる》の顔が、いま頭に浮かんでいる。おれたちの家に火を放ったこの男は、妻と同じ会社に勤務していた。職場で彼女に横恋慕《よこれんぼ》し、ストーカーまがいの行為の果てに犯行に及んだ。

ペットボトルにガソリンを入れて携行し、地面に撒《ま》いてからマッチで火を点《つ》けた。それが只野の用いた手口だった。

インタビュアーは、相手の口から出てきた激しい言葉に絶句している。その隙《すき》に、画面の中のおれは強い口調で続けた。

《妻は息ができずに死んでいきました。わたしは、加害者にも同じ苦しみを味わわせたい。紐《ひも》かロープで思いっきり首を絞《し》めてやりたいですよ》

おれの顔にはモザイクなどかかっていないし、音声も加工されてはいない。「井之本《いのもと》佑さん(43)自営業」と、画面下に出ている文字も事実のとおりだ。

素性を晒《さら》す形でインタビューに答えたのは、事件以来、もうとっくにこの顔も声も、犯罪被害者の遺族として世間に知れ渡っていたからだった。それでもおれは、テレビの前を離れる際に、なぜかついキャップの庇《ひさし》をぐっと下げていた。

俯《うつむ》いたまま会計を済ませているときだった。隣のレジに並んでいる人物の顔がたまたま目に入ったとたん、おれはその場に固まってしまった。

狭い額、離れた両目、尖った顎。只野に違いなかった。現住建造物等放火罪で懲役十年の判決を受け服役しているはずの、あの男に。

刑期満了前だが、もう出所していたとは。仮釈放を受けたということだ。

おれは只野のあとをつけた。やつは、この店には徒歩で来たようだ。おれも駐車場に車を置いたまま、歩いてその背中をこっそりと追った。

驚いたことに、只野の向かった先はおれの家だった。門の外を行ったり来たりしながら中を窺《うかが》っている。数分間にわたってそんな怪しげな行動を繰り返したあと、やつは背中を丸めて足早にどこかへ去っていった。

3

目が覚めたのは、消防車が鳴らすサイレンの音を聞いたような気がしたからだ。

それは、これまで何度も夢の中で耳にした音でもあった。だからこのときも、現実に鳴っているものだとは思えず、おれはもう一度目をつぶった。

だがサイレンの音は大きくなる一方だ。気がつくと、鐘の音も加わっている。耳を澄《す》ませてみたところ、チャイムの音も鳴っているし、誰かが玄関ドアをどんどんと叩《たた》いてもいるようだ。

目をこすって枕元のデジタル時計を確認する。五月三十日、午前三時。

「井之本さん、起きてくださいっ」

窓を通して聞こえてきた声の主は、隣家の主人に違いなかった。そう悟ると同時に、おれの鼻は焦《こ》げくさい臭いをかいでいた。

ベッドから飛び起きて外に出てみると、案の定、自宅の裏手に、火事が起きた形跡があった。

幸い、火の手は上がっていない。外壁が一部、黒く焦げていて、そこから白い煙が立ち上っているだけだ。

おれは胸に手を当て、安堵《あんど》の息を吐き出した。火災保険でどうにか建て直した家が、また焼失してしまってはかなわない。

先ほどサイレンと鐘を鳴らしていた車両だろうか、ポンプ車が一台、少し離れた路上に停《と》まっていて、ルーフに取り付けられた投光器でこちらを照らしている。ただし、火を消したのはこの車ではないようだ。ホースから放水された形跡はない。

水の代わりに薄いピンク色をした粉末が撒かれているところを見ると、たまたまこの時間まで起きていた隣家の主人が窓から火を見つけ、手持ち式の消火器を使ってくれたに違いなかった。

彼に礼を述べたついでに確認してみると、消火はしたが一一九番への通報まではしていない、とのことだった。

では誰がポンプ車を呼んでくれたのか。その疑問はいったん後回しにして、おれは焼け跡を調べている消防官に、もっと気になる点を訊《たず》ねてみた。

「どうして火が出たんでしょうか」

「誰かが点けたということですよ。明らかに」

返ってきたのは予想通りの答えだった。家の裏手には火事の原因になりそうなものなど何も置いてはいない。

「どんな手口か分かりますか」

「臭いからして間違いなくガソリンですね。ペットボトルにでも入れて、ここまで持ってきたんでしょう。それを地面に撒いてから火を点けたようです。マッチを使ってね」

4

消防と警察の事情聴取に応じていると、たちまち夜が明け、もう昼間近くになっていた。

午後から、おれは『ジョイデイ』に向かった。

不倫相手の夫が勤務している店だ。できることなら利用したくなかった。だが、ほかの店は自宅から遠いため行く気になれない。便利さに負けて、ついつい足を運び続けている。

ロープを並べてある棚《たな》の前で足を止めた。商品はどれも長いままの状態で売られているが、店員を呼べば、一メートル単位で切断して販売してくれるらしい。

綿、麻、ナイロン、ポリエステル、ポリエチレン、ポリプロピレン。一口にロープといっても、材質の種類がいろいろあった。どれが適当だろうか……。

「いつもご利用いただきまして、ありがとうございます」

横から声をかけられた。見ると店員が一人立っている。半分頭の禿げた五十年配の男だった。「ひろさわ」のネームプレートが、店内の照明に鈍く反射している。

「どのようなロープをお探しですか」

両手を体の前に揃《そろ》え、亜紀子の夫はじっとおれの顔を見つめてきた。

「持ったとき手が滑《すべ》らなくて、簡単には切れないものがいいんですが」

「なるほど。何を縛るんでしょうか」

ちょっと考えてから答えた。「不要なゴミを」

「分かりました。綿は切れやすいですし、ポリエチレンだと手が滑ったりしますね。それ以外の材質なら、強度に問題はありません。お勧めは麻です。天然の繊維ですから、手触りが他のよりずっといいですよ」

結局、麻のロープを一メートル分買い求めた。

『ジョイデイ』から帰宅したあと、少し眠ろうとしたが、目がさえて無理だった。日没までの時間をまんじりともせず寝床で過ごし、夜になってから車で出掛けた。

十分ほどハンドルを握り、着いた先は市の北部にある住宅街だった。

路上に車を停めた。運転席のシートを倒し、ダッシュボードと目の高さを合わせるようにして、じっと身を潜《ひそ》める。

視線の先にあるものは、只野の家だ。この位置なら玄関が見通せる。

只野の姿を見かけてから、この十日間、ずっと下調べをしてきた。八年前に逮捕された直後、彼は職場を解雇されている。出所後、まだ新しい仕事を見つけてはいないようだ。いまはあの家に、老いた母親と二人で住んでいる。おそらく、明かりのついている二階がやつの部屋と見て間違いない。

只野が、夜中にちょくちょくコンビニに出掛けることも、これまでの張り込みで分かっている。前科があるため、人気の多い昼間に出歩きたくないのだろう。

車中で待ち伏せを始めて一時間もしたとき、二階の明かりが消えた。案の定、しばらくすると、今度は玄関灯が点き、ついに只野が姿を現した。

おれはそっと車のドアを開けた。手にしたロープをゆっくりとしごきつつ、相手の背中に近づいていく。

そのとき、只野が足を止め、背後を振り返った。どうやら、こっちが張り込んでいることに気づいていたようだ。

構わず、首を絞めてやるべく、おれは両手で持ったロープを頭上に振り上げた。

5

いつものカラオケボックスに入ると、

「ちょっと占いをしてみない？」

そう言って亜紀子は、分厚い選曲本を二冊手にした。トランプのカードをシャッフルする要領で、二冊のページとページをバラバラと交互に重ねていく。

「この選曲本をわたしたちの分身と考えて、それぞれの端《はし》っこを、お互いに引っ張り合いするの。もしも二冊が離れたら二人もいずれ別れる運命。外れなかったらその反対。──佑ちゃんはそっちを受け持ってね」

亜紀子に言われるままに、おれは一冊の端っこを摑《つか》んだ。

彼女の合図で本を引っ張り合ったが、いくら腕に力をこめても、二冊は決して離れなかった。

「これがわたしたちの行く末だよ」

おれの肩にしなだれかかってきた亜紀子は、くっついたままの選曲本を放り出すと、代わりにタッチパネルを手に持った。

「今日はリクエストがある」おれは言った。「『虹色のロケット』を頼みたい」

指でＯＫのサインを作った亜紀子が端末を操作すると、聞き覚えのあるイントロが流れ始めた。

彼女はマイクを持って立ち上がった。だが、おれはソファから腰を上げなかった。腕組みをしたまま、プラズマテレビの映像だけにじっと目を凝《こ》らす。

『虹色のロケット』は不倫の恋路を歌った曲だった。

カラオケの映像に登場する役者はといえば、男の方は四十代のエリートサラリーマンふう、女は三十代のＯＬといったところだ。互いに家庭を持っているが、それぞれの配偶者の目を盗み、携帯電話で会う約束をしている、という設定だった。

「……佑ちゃん、どうしたの」

こっちの様子を訝《いぶか》る亜紀子の問いには答えず、おれは画面を見ながら先日の夜にあった出来事を思い出していた。

ロープを振り上げはしたが、只野の首に巻きつけることは、やはりできなかった。

互いに無言で対峙《たいじ》していると、やがて只野はその場に膝《ひざ》をつき、額も地面に擦《こす》りつけた。

その姿勢で彼が語ったところによると、彼がおれの家の近所にいたのは、いつかこうして謝罪の気持ちを伝えようとしたからだという。だが、不在だったのでしかたなく引き返したそうだ。

路上で土下座を続ける只野を見ているうちに、五月三十日未明の放火犯は、彼だとは思えなくなっていた。

だとしたら、誰の仕業だったのか……。

カラオケの映像は続く。密会の日、男も女もそわそわと落ち着かない。男は電車で、女はバスで待ち合わせの場所に向かう。どちらも車窓には目もくれず、携帯電話ばかり気にしている。

「もう一度ロケットを見せてくれないか」

そう言って亜紀子に手の平を差し出すと、彼女は楕円形のペンダントをそこに載せてくれた。

「怒りを鎮めるには」視線は画面から離さず、おれは声だけを亜紀子に向けて言った。「他人が怒っている姿を静かに観察すればいい。そうだったよな」

「ええ。元々は、昔の偉い哲学者が語った言葉だそうよ」

「なるほど。――ところで『怒り』の代わりに『殺意』だとしたらどうだろう」

「どう、って？」

「同じ理屈が成り立つかな」

「……かもね」

五月三十日未明、おれの家に火を点けたのは、亜紀子の夫、清志ではなかったか。

彼は亜紀子の落としたロケットを拾い、妻の不貞を知ると同時に、相手の男、つまりこのおれに殺意を抱いた。だが、まさか本当に殺すわけにはいかない。だから只野と同じ手口でおれの家に火を点けた。そうして、おれの只野に対する殺意を焚《た》き付け、それを静かに観察することで、自分の感情を宥《なだ》めようとした――。

只野もまた『ジョイデイ』の利用者だったから、清志も店でやつの顔を見かけ、出所したことを知っていたのだろう。家を燃やすことが目的ではなかったとすれば、消防へ通報した人物も清志だったのかもしれない。

「だったらもう一つ。不倫をやめたかったら、どうすればいい？」

え、と言葉を失った亜紀子を尻目に、おれはロケットのチャームを開け、中の写真を取り出した。

「答えは一つ。他人が不倫に狂っているさまを静かに観察する、だよな」

プラズマテレビの画面では、何度目かの出会いを果たした男女が抱き合っている。その様子に目を向けたまま、おれは写真を指先で二つに破った。

意中の交差点

1

都心の一等地に建つ高級ブティック。三十五年も生きているが、こんな店に入ったことは数えるほどしかない。

豪華《ごうか》なラグジュアリーブランドの服を見て回るふりをしながら、わたしは若い女に近づいていった。彼女の名前が小幡早百合《おばたさゆり》であることと、歳《とし》がわたしより十ばかり下であることはもう知っている。

「あの、すみませんが、ちょっとお訊《き》きしてよろしいでしょうか」

早百合に声をかけながら、わたしは、ハンガーにかかっていた商品の一つを手に取った。水色のブラウスだ。

「これ、わたしに似合います？」

早百合は戸惑《とまど》いの瞬《まばた》きを繰《く》り返した。

「あ、いきなり話しかけてすみません。面識もないのに」

わたしは満面の笑みを作り、ブラウスを体に当てたままの姿勢で早百合に頭を下げた。

早百合もつられて同じ仕草を返してよこす。

「これを買おうと思うんですけど、わたしに合っているかどうか、客観的に見てくれる人がいなくて、困っていたんです」

少し離れた位置で商品を畳《たた》んでいる店のスタッフに、早百合はちらりと目を向けた。五十がらみの化粧の濃い店員だ。明らかに聞き耳を立てている。

「でも」わたしはぐっと声のボリュームを絞《しぼ》った。「店員さんだと何でも、お似合いですよ、の一辺倒《いっぺんとう》でしょう。それより同じように買い物をしているお客さんの方が信用できるんです。だから、わたしはいつもこうして図々《ずうずう》しく話しかけてしまうんです」

「分かりました」早百合は小さく何度か頷《うなず》いた。「では正直に言いますが、あまり似合っているとは思えません」

「やっぱり」

「遠くから近づいてくるものを見るとき、わたしたちはまず、そのもののどんな側面を認知するかご存じですか」

「そうですねえ……。形かな」

「いいえ」

「じゃあ、素材？」

「違います」

「あ、色か」

「そうです。人間は対象物を最初に色で判断するので、それがどんなカラーであるかが第一印象に大きな影響を与えるのです」

早百合の経歴を記した書類。それを脳内に呼び起こした。女子大では心理学を専攻していたそうだ。こんなに理屈っぽい話し方をするのはそのせいなのか。

「もうだいぶ暑くなってきましたけれど、あなたには暖色系が似合うというのがわたしの直感です」

「分かります？　わたしオレンジ色が好きなんですよ」

相槌《あいづち》を打ちながら、早百合の全身にさっと目を走らせてみた。服も靴も有名なブランドものだ。

「旦那さんや恋人との関係がいつまでもホットであるためには、少し淡《あわ》い赤がおすすめです。もし何年も付き合っていて最近マンネリぎみという相手がいたら、もうちょっと濃い目の赤でもいいですけど」

わたしは水色のブラウスをハンガーに戻し、代わりに赤いそれを手にした。

「そちらの方が、ずっとお似合いです。ほかに、離れそうな恋人の心を引きとめたいなら居心地のよさを感じさせるピンクもいいと思います」

早百合の細い左手首に目をやった。洒落《しゃれ》たデザインの腕時計を嵌《は》めている。ショパールか。いや……。

「どうもありがとう。いいお話を聞かせてもらいました」

「どういたしまして」

わたしは商品を戻して店の外に出た。すると、

「お疲れさん、菜々《なな》ちゃん」

こちらの名前を呼びながら近づいてきた中年男がいた。木暮征一《こぐれせいいち》だ。

わたしのボスである「KS探偵社」社長の顔は、下半分が今日も無精髭《ぶしょうひげ》で覆《おお》われていた。妻に逃げられてから、もう五年もやもめ暮らしをしている四十八歳。枯《か》れた中年男だが、元々見栄《みば》えは悪くないのだから、もうちょっと色気を出せばいいのに。いまの店には男性用の商品も少し置いてあった。アスコットタイの一つでも買ってきてやればよかったな、と軽く悔《く》やむ。

「で、話してみて、どんな相手だった。小幡早百合は」

「やっぱり金持ちのお嬢さんだな、という感じですよ」

どうしても口調の端《はし》に反発心が覗《のぞ》いてしまう。いや嫉妬《しっと》心と言い換えた方が正確か。

「ファッションには相当拘《こだわ》っていますね。高いものばっかり着ています。わたしとは正反対のタイプですね」

給料が安いので、わたしのアクセサリーはイミテーションが多い。服もたいていバーゲ

ンで買ったものだ。

「ただし時計が偽物でした」

「ほう」

「ショパールの百五十万円くらいのモデルでしたけれど、あれは偽ブランド商品ですね」

「よく分かったな。さすがだ」

「この仕事は観察力が商売道具。そう教えてくれたのはボスですよ」

探偵助手という仕事柄、質屋にはよく出入りしていた。この仕事を十年もやっていたら、いやでもアクセサリーの類《たぐい》には詳しくなる。

「しかし、いいところのお嬢さんが、どうしてそんなものを使っている?」

「誰かに騙《だま》されて買わされたんでしょうね。とにかく、本人は気づいていないようです」

「それで、肝心の件だが、どんな感触だったね」

「男の影は……ありますね」

「どうしてそう感じた?」

「彼女は色について話していたんですが、それがいつの間にか恋愛セラピーみたいな方向にいってしまいましたから」

——娘に、恋人もしくは想いを寄せている男性がいるかどうか、探っていただきたいのです。

大半の仕事は浮気調査だから、早百合の両親から寄せられた、ちょっと毛色の変わったこういう依頼は、いい気分転換になる。大いに歓迎するところだった。

そうではあるが、もう小幡早百合は二十五歳だ。いい歳《とし》なのだから放っておけばいいのに、とも思ってしまう。

もちろん「意中の男性はいますか」などと直接本人に訊《たず》ねるわけにはいかない。あくまでも客観的な調査を経てこそ初めて真実は現れるものだ。

何はともあれ、これがわたしの最後の仕事だった。金持ち令嬢の恋愛相手。その有無《うむ》が判明したら、木暮に辞表を出して故郷に帰るつもりだ。その旨、彼にはもう伝えてある。

もう三十半ば。わたしの方こそ、早く相手を見つけて結婚し家庭を持たなければならない。

このまま木暮とずっと一緒にいるか——そんなことをちらりと考えてはすぐに否定するのも、もう飽きた。

「それにしても、過保護な親御さんですよね」

「しかたないさ。資産家だからな。娘の結婚相手は、言い換えれば、いずれ自分の財産を掻《か》っ攫《さら》っていくかもしれない相手でもあるんだぞ」

たしかに。そう考えれば、娘が付き合う相手など気にするな、という方が酷《こく》だ。

三つの企業が入居しているYビルは十二階建てで、エントランスホールの床は大理石でできていた。

2

午後六時。ロビーで待っていると、エレベーターから目指す相手——池宮孝輔《いけみやこうすけ》が下りてきた。

「失礼ですが、太洋通販《たいようつうはん》広報部の方でしょうか」

池宮の背広の襟《えり》につけられた社員章を見るふりをして話しかける。

「はい。そうですが……」

「わたくしは業界紙の記者をしている者です。突然ですみませんが、お話しできる範囲でかまいませんので、御社のグローバル戦略につきまして、取材させていただけませんでしょうか」

この仕事をしていて恐ろしいと思うのは、嘘《うそ》八百がすらすら口から出てしまうことだ。もしかしたら、いますぐにでもプロの役者として舞台に立てるのではないか、そう本気で思うことがある。

「はあ」困ったなというように、池宮は、きれいに髭の剃《そ》られた顎《あご》に白くて長い指を当てた。美形かどうか微妙なところだが、いかにも誠実そうではある。何より、身だしなみに気を遣う男であることは間違いない。ウエストラインに絞《しぼ》りの利《き》いたブリティッシュ・スタイルのスーツを、さりげなく着こなしている。生地もかなり高級なものだ。

《すまんが、もう少し粘《ねば》ってくれ》

耳に差し込み、髪で隠したイヤホンから木暮の声がした。

「残念ですが」池宮は言った。「いまこの場で、というわけにはいきません。お手数でも、取材の申し込みの場合は、まず文書で依頼状を出していただくことになっているんです」

「分かりました。それでは一応こちらの名刺をお渡ししておきます」

わたしはショルダーバッグを開けた。

「あれ、どこにやったかな」

独《ひと》り言《ご》ちて名刺ケースを探すふりをし、時間を稼ぐ。

《よし。早百合が外に出てきた。そろそろいいぞ》

「ありました」小さく声を出し、わたしは名刺ケースを開けた。「これです。どうぞ」

【日刊ツーハン　記者　大幡《おおはた》小百合《さゆり》】

そう書いてある名刺を差し出した。

「頂戴《ちょうだい》します。では失礼します」

池宮が外へ出て行くのを見送ってから、わたしは階段で足早にビルの二階に上がった。

建物のすぐ前は大きなスクランブル交差点になっていた。

窓から下を見下ろした。ちょうど池宮が歩道を横切り交差点の方へ歩いていく姿が見える。

早百合を尾行し、ブティックに入ったところで話しかけたのが二週間前。あれから聞き込みを重ね、彼女と関係がありそうな男を五人突き止め、一人ずつ検証を重ねてきた。結果、四人目まで誰もが「シロ」——つまり早百合が特別な感情を抱いている相手ではなかったことが判明した。残る最後の一人が池宮だった。

池宮が「クロ」である可能性も低かった。早百合の友人は、彼が怪しいと証言している。しかし池宮は、早百合のいる部署に一度だけ仕事の関係で訪問したことがあるだけだった。それだけの接点なのだ。もちろんたった一度の機会に一目惚《ぼ》れをするというケースもあるだろうが……。

いずれにしても、早百合がちょっと気の毒に思えてならない。【大幡小百合】——小幡早百合に似せて拵《こしら》えた名刺を渡してみたが、それを目にしても池宮は顔色一つ変えなかった。彼の方は、おそらく一度だけしか会ったことのない他社の女性社員など覚えてはいないのだ。

もし彼女に意中の男がいて、それが池宮だとしたら、残念ながら、この恋は早百合の片想いということになる。

わたしは窓際に立ち、愛用の単眼鏡を取り出した。一般に探偵は双眼鏡を使うように思われているようだが、実際は、周囲から怪しまれないよう、手の平にすっぽり隠れるサイズのアイテムを好む。

スクランブル交差点の向かい側、人ごみの中に早百合の姿が見えた。

今日の早百合は、やや派手めの半袖ワンピースを着て、ハンドバッグを持っている。足元は歩きやすそうなパンプスだ。無理にヒールの高い靴を履《は》かないところも、育ちのよさを感じさせる。

その斜め後ろに、彼女の動向を監視している木暮がいた。

早百合と池宮を、二人が勤務する会社の位置関係を利用し、退勤時にスクランブル交差点で対面させる——駄目《だめ》で元々の実験だった。ちょうど帰宅ラッシュの時間帯だから人が多い。早百合が池宮に気づかないかもしれない。だが、もし気づいた場合は、彼の顔を凝視したり、赤面したりといった変化をみせる可能性もあった。

わたしがYビルから出ると、スクランブル交差点を渡ってきた木暮が、歩道で待っていた。

「彼女の顔をこれで観察しましたが」

わたしはまだ手に持っていた単眼鏡をちょっと掲《かか》げてみせたあと、ケースにしまった。

「池宮もシロのような気がしました」

二分ほど前、早百合は池宮のすぐそばをすれ違ったのだが、目立った表情の変化はなかったように思えた。ただし、さりげなく目配せぐらいはしたかもしれない。そこまでは観察しきれなかった。

いずれにしろ、これで最後の仕事もおしまいだ。わたしは故郷の景色をぼんやりと頭に思い描いた。

3

その日の夕方も、わたしはまたYビルの二階からスクランブル交差点を見下ろしていた。

池宮もシロ。先日、そう木暮に言ったのだが、彼は納得しなかった。探偵としての長年の勘に従えば、早白合は無理に無表情を装《よそお》っていたような気がする、とのことだった。後ろから彼女の背中を観察したところ、かすかに動揺があったように見受けられた、とも言っている。

だから再度実験をすることになった。こうして二度目のチャンスが訪れるまで四日も間が空いたのは、早百合と池宮の退勤時間がなかなか合わなかったせいだった。

今回は木暮が早百合に道を訊ねるふりをして足止めし、二人をスクランブル交差点で引き合わせるタイミングをはかった。

わたしは単眼鏡を覗《のぞ》き込み、信号待ちをしている早百合の様子を観察し始めた。

木暮はどこにいるのか姿が見えない。もっとも、早百合に道を訊ねた手前、彼女の目に触れる場所にいつまでもいるわけにはいかない。どこかに隠れて、交差点の様子を窺《うかが》っているのだろう。

そのとき、単眼鏡の視界の中で、早百合がハンドバッグを探り始めた。彼女がそこから取り出したのはスマートフォンだった。電話がかかってきたらしい。

誰がどんな用事でかけてきたのだろうか。

早百合は眉根を寄せている。そんな怪訝《けげん》な顔をしているところを見ると、彼女にとっても、かけてきた相手や用件が把握しきれていないのかもしれない。

左手でスマホを持っていた早百合は、やがてそれを右手に移し、開いた左手を自分の目の前に掲げるようにした。時計をしげしげと眺めているようだ。

彼女が通話を切るのとほぼ同時に、スクランブル交差点の歩行者用信号が青になった。

皆が一斉に歩き出す。

人波から一拍遅れて、早百合も足を踏み出した。

こちら側から池宮も行く。

ふいに早百合が進路を変えたのは、二人の距離が十メートルぐらいになったときだった。

そのまま真っ直《す》ぐ歩き続ければ、池宮のすぐ隣をすれ違っていたはずだ。だが、彼女の足は少しずつ左の方へずれていき、結局、前を歩く太ったサラリーマンの背中に隠れるようにして池宮をやりすごす形になった。

「ついさっき早百合が電話を受けていたのが分かったか」

スクランブル交差点を渡ってＹビルの前まで来た木暮は、やや急《せ》き込むようにしてそう訊いてきた。

「ええ。誰からの電話だったんでしょうね」

「おれからのだよ」

「そうだったんですか。彼女に何を話したんです？　時間を確かめろ、とでも言ったんですか」

早百合はしきりに時計を気にしていた。

「ちょっと違うな。――とにかく、一緒に行こう」

「どこへですか」

「飲み屋だよ。菜々ちゃんの送別会さ。仕事が終わったんだから」

「結局、池宮もシロだった、ということですね」

彼に気があるなら、自分から離れていきはしないはずだ。

するとＫ暮は立ち止まり、じっとわたしの目を見つめてきた。

「おれはこのまえ、菜々ちゃんを褒《ほ》めたね。さすがだ、と」

「ええ。いまでも光栄に思っています」

「待った。あれは取り消しだ。きみはまだ半人前だよ。池宮はクロさ。早百合はあの男に惚れている」

4

翌日、わたしは午前七時半にマンションの自室を出た。バスに十五分揺られ、停留所から五分歩いて雑居ビルの中に入り、「ＫＳ探偵社」と看板の出たドアを開けた。

「おや」窓際の社長席で、木暮が新聞から顔を上げた。「忘れものかい。菜々ちゃんの私物なら、実家に郵送してやると前に言ったはずだが」

聞こえなかったふりをして、わたしは茶を出す準備を始めた。

木暮のデスクにほうじ茶を持っていくと、そこには大きな封筒が載っていた。宛名は早百合の実家になっている。『ご令嬢が想いを寄せている相手は太洋通販に勤務している池宮孝輔氏です』との報告書を、これから依頼人に出すつもりのようだ。

ある映画にこんなシーンがあったのを思い出す。靴にうるさい女性主人公が、たまたま安いフラットシューズを履いて出掛けたとき、好きな男の姿を街で見かけた。彼女は、彼の前から慌てて逃げ出した。

靴を時計に置き換えれば、昨日の早百合は、まるでこの主人公のようだ。

木暮は電話で早百合にこう伝えたそうだ。「あなたの時計はショパールの偽物ですよ。よく調べてごらんなさい」と。

調べた結果、そのとおりだった。だから早百合は、とっさに隠れないではいられなかった。腕時計は小さい。ブランドの真偽など、かなりの近距離からでなければ判別できない。それでも池宮に近づくことが躊躇《ためら》われたのは、紛《まが》い物を持ってしまったいまの自分は、お洒落な彼と釣り合わない、といった繊細な心理が働いたからではないのか。

こう考えてくると、池宮はやはり彼女が想いを寄せていた相手と見てよさそうだ。

封筒の隣に茶を置いたあと、わたしはいま着ているニットの五分袖トップスの脇腹あたりを軽くつまんだ。

「この服、幾《いく》らで買ったと思います？」

いきなりの妙な質問に、木暮がこちらに投げてよこした視線には不審の色が含まれていた。それでも彼は思案する顔になり、やがて答えた。「一万五千円ぐらいか」

「違います。――じゃあ、このスカートは」

「九千八百円」

「それもハズレ。どっちもその半額ぐらいですよ。つまり安物ですよ」

「だったら、おれは菜々ちゃんに好かれていない、ってことだな」

たしかに、早百合が池宮に対してとった行動に照らして言えばそうなる。

「ちょっと待ってください。前に言いませんでしたっけ?」

「何て」

「わたしは早百合さんとは正反対のタイプです、って」

「身につけているものが安物でも、相手の前から逃げ出したりしないタイプ、ってことか」

「そうです」

「……その理屈から言えば、菜々ちゃんにとって、どんな存在なんだ。おれは」

「それはご自分で考えたらどうですか」

電話が鳴った。わたしは急いで席に戻り、いつものように受話器を取った。

色《いろ》褪《あ》せたムンテラ

1

おれは玩具《おもちゃ》の風車《かざぐるま》を持って、三階の小児科に向かった。息子が高熱を出して入院中だった。病状の説明をしますので、午後三時に診察室へ来てください。そう病院側に言われていた。

風車を上着の胸ポケットに挿《さ》し、小児科の待合室で待っていると、看護師が葉汰《ようた》を連れて来てくれた。葉汰は、何が気に入らないのか、肩と両手をでんでん太鼓《だいこ》のように振り回し、わけもなくグズッている。

「さっき、採血で注射をしたものですから」

看護師からそう説明を受けたところで、

「南谷さん、どうぞ」

名前を呼ばれたため、葉汰の手を引いて診察室のドアを開けた。

担当のベテラン女医、上杉翠《うえすぎみどり》は、ドアのすぐ向こう側で待ち構えていた。

彼女は、泣き止《や》まない葉汰の前にしゃがみ込み、

「あんまり泣くと、鼻を盗んじゃうからね」

そう言うと、葉汰の顔から鼻を取っていくふりをし、親指を人さし指と中指のあいだに差し込んでみせた。

「あら、本当に盗んじゃった」

息子が急に泣き止んだ。翠が披露《ひろう》したささやかな芸に対する好奇心で、小さな黒い瞳が輝いている。そんな葉汰を、翠はすかさず抱き上げた。

「葉汰くん、あなたはもうほとんど治っているのよ」

「……じゃあ、どうしてまだ家に帰れないの」

「先生が葉汰くんを気に入ったから。渋るお父さんにお願いして、あと少しだけあなたを借りているの。分かった？」

と言って翠は、葉汰に向かって手の平を軽く広げた。

「うん」

翠の言葉は三歳児の自尊心を巧《たく》みにくすぐったらしい。誇《ほこ》らしげな顔になった葉汰は、たどたどしい手つきで、彼女の手に自分のそれを合わせ、ハイタッチをした。その直後、泣きつかれたせいか、翠に抱かれたまま眠り込んでしまった。

「南谷さん、心配は要《い》りませんよ。熱は下がっていますし、食欲も戻ってきています」

「ありがとうございました。——それにしても先生は、さすがに子供のあやし方がお上手ですね」

「医者は口がうまくないと務まらないんです。ムンテラという言葉を聞いたことはありませんか」

翠の説明によると、それはムントテラピーの略だという。ドイツ語でムントは口、テラピーは治療という意味だから、「言葉で治療すること」を指すらしい。

「なるほど。そんな用語があるぐらい、医療の仕事では言葉が重要な商売道具というわけですか」

「ええ。でもその点は、南谷さんも同じだと思いますよ。刑事さんは取調室で犯人を落とすとき、言葉を重ねて説得するわけでしょうから」

たしかにそうだ。人質をとって建物に立て籠《こ》もった犯人などに対しても、親や友人から呼びかけてもらい情に訴えて、改心させて投降させる、といった手をよく使う。

「南谷さんも、だいぶお疲れのようですね。体の抵抗力が落ちているかもしれません。よかったら、わたしが診察しましょうか」

「でも、先生のご専門は小児科でしょう」

「必要があれば大人も診ますよ」

今日は半日しか休みをもらってきていなかった。もう仕事に戻らなければならない。

「ありがたいのですが、またいずれお願いします。ところで葉太はどうしますか」

おれが病室まで戻せばいいのだろうか。そう思いながら訊《き》いてみたところ、翠は首を横に振った。

「いいえ、わたしが連れていきますから、ご心配なく」

翠に礼を言って診察室を出ると、どこかで、パンッ、と乾いた音がした。

何事だろうと訝《いぶか》りつつ、来たときと同じように、階段を使って二階へ下りていった。

その二階が何やら騒がしかったので、おれはいったん足を止めた。看護師がどたどたと走り回っている。「止血っ。早く止血だっ」男性医師のものらしいそんな声も聞こえてきた。外科の治療中に急な事態でも起きたのだろうか。

声のした部屋まで行って室内を覗《のぞ》いてみたい気もしたが、溜《た》まっている書類仕事の量を思い浮かべたら、寄り道している暇はなかった。

おれは顔を階段に戻した。そのときだった。

一階の方からもの凄《すご》い勢いで駆け上がってきた人物がいた。そいつはおれの肩に強くぶつかってきたのだが、立ち止まるでもなく三階の方へと走り去っていった。

文句を言ってやろうと上を向いたときには、相手はすでに踊り場を過ぎ、階段の陰に姿を消していた。痩《や》せて小柄な体つきをしていたことは確かだが、顔はまったく見えなかった。ちらりと目にした後ろ姿の雰囲気からして、年齢はおれと同じぐらい——四十前後だったと思う。

肩をさすりながら建物の外に出たところ、正面の出入口前にはパトカーが停《と》まっていた。後部座席から、警察官に抱えられて、足を引きずった若い男が降りようとしている。バイクに乗っていて、どこかに衝突でもしたのだろう。

交通事故が起きると、事故処理にあたった警察の車両が、救急車の代わりを務めて怪我《けが》人《にん》を病院まで運んでくる場合もある。別段珍しくないことだ。

市立病院の門を出て、署に向かって歩道をしばらく歩いてから、はっと気がついた。風車を上着の胸ポケットに挿したままだ。せっかく葉汰への見舞いの品として買ってきたのに、渡すのをすっかり忘れてしまっていた。

2

小走りに病院へ戻り、ふたたび三階の小児科病棟まで階段を上った。

だが、入院しているはずの三〇一号室に、葉汰の姿はなかった。もうとっくに翠がこの部屋へ連れ戻しているはずなのだが……。

看護師に訊《たず》ねてみたところ、「トイレに行ったんじゃないでしょうか。大丈夫ですよ。院内にいることはたしかですから」との返事だった。

たしかに、正面玄関から外に出ようとすれば、受付から連絡がくる。裏口から出ようとすれば、警備員が知らせてくれるはずだ。

風車はナースステーションにでも預けて帰るか。そう考えたとき懐《ふところ》に振動があったため、おれは休憩所へ走った。そこなら携帯電話の使用が許されている。

《おまえ、まだ市立病院のなかか?》

休憩所でスマホを耳に当てると、聞こえてきたのは刑事課長の声だった。いまは休暇取得中だが、行き先を届け出てあるから、上司はこっちの居場所を把握している。

「はい。そうです」

《実は、そこで事件があった》

おれは反射的にメモ帳を取り出していた。

《現在、暴力団T一家の幹部が二階に入院している。その幹部が先ほど、敵対するK会のヒットマンに撃たれた》

パンッ。小児科の診察室を出たときに耳にした音が思い出された。あれは銃声だったのか。

《ヒットマンの氏名は不明。性別は男。歳は四十前後。小柄で痩せている》

おれは、メモ帳にボールペンを走らせる手を止めた。

「その鉄砲玉と、さっきすれ違ったかもしれません」

間違いない。あいつだ。くそっ、顔を少しでもいいから見ておくんだった。

ヒットマンは二階で発砲したあと正面玄関から逃げようとした。だが、パトカーが停まっていたのを見て慌てて院内に引き返した。そういうことだろう。

「やつはいまも院内にいると思います」

正面玄関には、まだ交通課のパトカーが停まっているから、もうそこから出ようとはしないはずだ。警備員が常駐している裏口を使うことはもっと考えにくい。窓から出て中庭を通って逃げる手もあるが、どうしても人目についてしまうから、それも避けるに違いない。となれば、まだこの病院内に留《とど》まっていると見ていい。いまごろは、どうやって逃げたものかと頭を絞《しぼ》りながら、人目につかない出口を探し回っている最中なのだろう――。

おれはいま考えたことを課長に伝えた。

《分かった。とりあえず南谷、おまえは院内を探ってみてくれ。ただし、目立つ行動はするなよ。この事件について知っている者は、病院内でもほんの一部だけだ》

騒ぎになるとまずいから目撃者には箝口令《かんこうれい》を敷いている、というわけだ。

電話を切ってから、背筋に軽い寒気を覚えた。――葉汰。ヒットマンより、まず息子を探すのが先だ。おれは携帯をしまうと、駆け足で小児科の病室へ戻り始めた。

3

隣の三〇二号室にも葉太の姿はなかった。

そのまた隣の三〇三号室を見ると、四つあるベッドのうちの一つに向かって翠が立っていた。診察中のようだ。残りの三床は空きになっている。

翠は事件について知っているのだろうか。そう思いながら、すみません、と邪魔したことを詫《わ》びつつ、おれは風車を掲《かか》げてみせた。

「これを渡そうと思って戻ってきたんですけど、息子の姿が見当たらないものですから」

「葉太くんの居場所なら、わたしが知っています」

「本当ですか。どこです？」

「この近くにいます。すぐ近くに。心配は要りません」

言葉を少し濁《にご》した言い方が気になったが、翠が言うのだから間違いないだろう。

「じゃあ、廊下で待っています」

そう応じたとき、ベッドに寝ている患者が子供ではなく大人であることに気がついた。

大人用の病床が満床で、臨時的に小児用の部屋を病室として使っているらしい。

おれは廊下に引っ込もうとして、だが、その足を止めた。患者の顔に見覚えがあったからだ。

患者はいま、サージカルキャップというのか、半透明な医療用の帽子を頭に被《かぶ》ってい る。さらに口元は酸素マスクで覆《おお》われていたが、それでも確信が持てた。太い眉毛、幅の広い鼻、えらの張った輪郭《りんかく》。それらの特徴からして遠藤敏和《えんどうとしかず》に間違いなかった。

「先生。その患者さんは、わたしの幼馴染《おさななじ》みです。もう三十年近く顔を合わせていませんでしたけど」

遠藤の体にかけられた毛布は薄く盛り上がっていた。長く見ないうちに少し太ったらしい。

「幼馴染み？　それは本当ですか」

「はい。彼の名前は遠藤ですよね。遠藤敏和」

「え、ええ」

おれと患者が知り合いだったという偶然に驚いたか、翠の返事は、また言葉を濁すような感じになった。

「では失礼します。遠藤をよろしくお願いします」

「ちょっと待ってくださいっ」翠がおれを呼び止めた声は、思いのほか大きかった。「実は、遠藤さんは危ない状態なんです。ここでは手に負えなくて、いまから別の病院に搬送するところでした」

それは大変だ。おれは室内に入り、遠藤に歩み寄った。

「これから、このベッドごと遠藤さんを一階まで運び、救急用の出入口で車に乗せます」

「先生お一人で、ですか」

「ええ。看護師はみな忙しいので、わたしが一階までベッドを押します。それまでのあいだ南谷さんには、ベッドのそばから遠藤さんに声をかけてあげてほしいんです。患者さんというのは、誰しも、お友だちの言葉を聞くと元気になれるものですから」

「分かりました。これもムンテラというやつですね」おれは患者の顔を覗き込んだ。「おれだ。覚えているよな。南谷元彌《もとや》だ。久しぶりじゃないか。小学校の卒業式以来、まったく会っていなかったよな」

「そうです。そんな調子でお願いします」

翠が枕元の方に移動し、ベッドを押し始めた。この病室にあるベッドはどれも、脚に大きなキャスターがついていて、患者を寝かせたまま移動できるようになっているようだ。

三〇三号室を出て、エレベーターのある方へ向かった。

「おまえ、何の仕事をしているんだ？　たしか、トラックの運転手になりたいって言ってたよな。おれは警察官になったよ。しかも刑事だ。笑えるだろ。あんな悪ガキが、いまじゃあ正義の味方だなんて」

旧友に声をかけながら、おれは周囲に目を走らせた。うっかり大事な仕事を忘れるところだった。ヒットマンを探さなければならないのだ。

いま通り過ぎていった看護師の顔は、やや引き攣《つ》っていた。きっと発砲事件について知っているからだろう。

「遠藤さんとは、学校が同じだったんですか」

「ええ。幼稚園と小学校が一緒でした。家も近所で、毎日遊んでいた仲ですよ」

「小さいころは、どんな遊びをしていました？」

「木に登ったり、カエルを捕《つか》まえたり。あとはやっぱり釣りですかね」

おれは胸に挿していた風車を手にし、遠藤の目の前で、息を吹きかけて回してやった。

「こんなふうにして遊んだこともあったよな。——ところで先生、彼に意識はあるんですか」

「ぼんやりとは、あると思います。ですから、いまの調子で、もっと話し続けてもらえませんか」

おれは頷《うなず》いて、とうに色褪《いろあ》せていた昔の記憶をいろいろと探ってみた。その結果、大事なことを一つ思い出した。

「そういえば、おまえにまだ礼を言っていなかったな」

小学校の卒業式の日、教室で騒いでいたおれは、教卓の上にあった花瓶《かびん》をうっかり割ってしまった。担任教師が大事にしていた花瓶だった。最後の日だから、おれは怒られたくなかった。嫌《いや》な思いをしたまま学校生活を終えたくなかったのだ。そこで、知らぬふりを決め込むことにした。

割ったのはぼくです。そう名乗り出て担任から大目玉を食らったのは遠藤だった。何の見返りも求めることなく、ただおれを庇《かば》ってくれたのだった。

「遅れに遅れちまったけど、いま言わせてほしい」おれは遠藤の耳元に口を寄せ、三十年分の気持ちをこめて囁《ささや》いた。「ありがとうな」

4

エレベーターが一階に到着した。しばらく廊下を進むと、そこで待機していたのは救急車ではなく、民間搬送業者の車だった。テール部分をこちらに向けてハッチを開いている。

このまま車の後部スペースに向かってベッドを押していけば、脚部が自然と折れ曲がって、すんなり車に搭載《とうさい》できる仕組みになっているようだ。

「待ってくれ」

突然、くぐもった声がした。ベッドを見ると、遠藤が目を開き、おれの方に顔を向けていた。いまのは彼の声だったらしい。酸素マスクの下から喋《しゃべ》ったため、こもった声になってしまったのだ。

遠藤は、顔をこっちに向けたまま視線だけを上にやり、ベッドを押している翠を上目遣いに見て言った。

「先生……。このマスクを取ってくれ」

翠の喉《のど》が動いた。ごくりと唾《つば》を飲み込んだらしい。

やがて彼女の細い指が遠藤の口元から酸素マスクを外した。すると遠藤の肩が毛布の下でもぞもぞと動き、ベッドの端から彼の右手が出てきた。そこに握られていたものを見て、おれは目を疑い、何度か瞬《まばた》きを繰《く》り返した。

遠藤の右手には、金属の塊《かたまり》が鈍く光っていた。それは紛《まぎ》れもなく拳銃だった。職業柄、見慣れているから、モデルガンや玩具でないことはすぐに分かった。トカレフ。中国製の、暴力団員が特によく使う銃だ。

「おまえだったのかよ……鉄砲玉は」

思わず漏《も》れたおれの呟《つぶや》きに、遠藤は目で頷いた。

かつて一緒になって無邪気に遊んだ親友が、いまでは暴力団のヒットマンになっていた。この三十年近くのうち彼の身に何が起きたのか。すぐには想像することもできなかった。

だが、ちょっと待て。いまの遠藤はやや太っている。階段でぶつかってきた男とは体形が違う。刑事課長から伝えられた情報にも、「ヒットマンは痩せている」とあった。

どういうことだ？　そう視線で問い掛けたおれに、遠藤はトカレフを手渡したあと、また翠に向かって言った。

「この毛布も剝《は》いでほしい」

「分かりました」

翠が遠藤の毛布を取った。おれはもう瞬きをしなかった。そこにあったものを――おれが遠藤の体形を誤認してしまった理由を――棒立ちになって見ていただけだった。

毛布の下にいた人物は遠藤だけではなかった。遠藤は自分の体の上に、おれの息子、葉汰を乗せ、左手で抱えていた。

その光景を見た瞬間、おれは、この病院で何が起きたのかを悟った。

どうやって外へ逃げようかと頭を絞った遠藤は、重篤な患者に化け、転院を装い、車で外に出ることを思いついた。

そこで、翠と一緒に三階の廊下を歩いていた葉汰を人質にし、彼に拳銃を突きつけた。そうして翠をも従わせ、空いていた病室に入ると、患者の恰好《かっこう》をし、葉汰を抱えてベッドに潜《もぐ》り込んだ。

葉汰が人質にとられている以上、翠としては、遠藤の要求に従うしかなかった。そこへおれが偶然、顔を出してしまったというわけだ。

「あの花瓶には、もとからひびが入ってたんだよ。おまえの前におれが落としたせいでな」

翠がおれに語らせた言葉によって童心に返り、改心して投降する気になった遠藤は、葉汰の口を押さえていた左手からゆっくりと力を抜いた。そしていままで葉汰に銃口を突きつけていたであろう右手で、彼の頭を一つ撫《な》でてから肩をぽんと叩《たた》き、「起きろ」と促《うなが》した。

それからのおれは、ちょっと忙しかった。

まず、遠藤から解放された葉汰がおれの胸に飛び込んできたため、抱きかかえてやらなければならなかった。

次に、遠藤が両手首をそろえてこっちに差し出してきたため、手錠を嵌《は》めてやらなければならなかった。

そして、翠がほっとした顔で手の平を向けてきたため、泣き出した葉汰に代わって、ハイタッチをしてやらなければならなかった。

遠くて近い森

1

駅のホームから線路に目を向けると、遠くの方に、二両編成の列車がちょうど姿を見せたところだった。

空を見上げれば重たい曇天《どんてん》だ。もうすぐ雨になるだろう。ペンションに泊まったお客さんをこうして見送るときは、なぜか悲しげな天気になることが多い。

山の中にある小さな駅。そのホームに列車がゆっくりと停《と》まった。

今回の宿泊客は年配の夫婦だった。彼らが乗車したあと、ぼくも父の横を離れ、列車に乗り込んだ。車両はどれも四人掛けのボックス席で、いつものようにガラガラだった。

夫婦客の荷物を席まで運んでやった。大きなトランクが二つでけっこう重かった。これを、ペンションを出てからぼくがずっと運んできたわけだが、こっちはもう中学生で、クラスでは体も大きい方だから、何てことはなかった。

「このたびは、ペンション『シルビア』にご宿泊くださり、どうもありがとうございました」

不愛想な父に代わって、こうしてぼくが客に礼を述べるのは、もう何度目だろうか。

ダイヤ調整のため、停車時間は三分間。そんなに時間があるなら、最後の挨拶《あいさつ》はホームよりも車内でした方が恰好《かっこう》がつくというものだ。

「おしまいに当ペンションのオーナー、須貝逸郎《すがいいつろう》よりプレゼントがあります」

言いながら、ぼくはボックス席の窓を開けた。

ホームに残っていた父が車両の近くまで歩み寄り、持っていた手提《てさ》げ袋をこちらに渡してきた。

紙袋に入っているのは木彫《きぼ》りの人形だった。彫り上げたのは父だが、目の細かいサンドペーパーで磨《みが》き上げて艶《つや》を出したのはぼくだ。その作業はぼくにとってお気に入りの仕事だった。かすかな記憶では、まだ実の両親と暮らしていたころ、ソフトビニール製の怪獣や超合金のロボットでよく遊んでいたように思う。人形の類《たぐい》は昔から好きなのだ。

「では、またのお越しをお待ちしております」

一礼してから車両を降りると、発車合図の音楽がホームのスピーカーから流れた。『バッタのセロひき』という童謡のメロディだ。

夫婦客は窓から手を振りながら去っていった。

見送りを終えると、父はいつものように、無言ですたすたと先に歩いていってしまう。

その大きな背中を、ぼくは早足で追いかける。

駅から、森に続く緩《ゆる》い坂道を百メートルも歩けば、そこに『シルビア』はあった。ペンションに戻ると、父は食材の買い出しに出かけた。ぼくはまず来客に備えて庭の掃除をした。それを終えたあとは、建物の裏手に行った。小鳥と兎《うさぎ》、それに狐《きつね》の世話をするためだ。父が大事に飼っているペットたちだ。

森の中を歩けば、怪我《けが》や病気のせいで死にかけている鳥や獣をときどき見かける。そんな動物を拾ってきては、治療してやり、傷が治るまで餌《えさ》を与えていた。その結果居着いてしまったものだけを、こうして飼っている。

動物の世話は、先週、ぼくが自ら志願して引き受けた仕事だった。

三匹いる狐たちをブラッシングし、七羽いる兎たちに餌を補給してやってから鳥小屋へ向かうと、ついに小雨が降ってきた。「ごめんください」と入口の方で声がしたのはそのときだった。

霧のような細かい雨に打たれながら、五十歳ぐらいの女の人が、両手に荷物を持って一人で立っていた。

「今日から泊めていただく鈴木《すずき》潤子《じゅんこ》です。ちょっと早く着いちゃいました」

2

鈴木潤子という客は、予定より一時間早い列車で来たようだった。この宿にはもちろん駐車場も設置してあるが、駅が近いので列車で来る客の方が多い。

本当なら父が応対するところだけれど、まだ買い出しから戻っていない。とはいえ、チェックインの手続きならぼくでも済ませられる。フロントまで彼女を案内することにした。

「あなたはオーナーの息子さんね」

この問い掛けに、ぼくは「そうです」と答えた。でも正確にはちょっと違う。親は親でも「義理の」といった言葉がつく。オーナーである逸郎さんは、ぼくにとっては里親という存在だった。

実の父親を早くに病気で亡くした。彼が借金を作っていたため、母親はぼくを育てられなくなり、里子に出した。ぼくが三歳のときだ。写真がないせいで、両親の顔は分からないままだった。彼らとの数少ない思い出といえば、近所の雑木林へ虫採りに連れていってもらったことが、ぼんやりと記憶の片隅《かたすみ》に残っているぐらいだ。

親戚中をたらいまわしにされたぼくを引き取ってくれたのが、遠縁の逸郎さんだった。

もう五十歳だけど独身。ペンションの経営は若いうちから始めた仕事だ。逸郎さんは、人手が欲しくてぼくを引き取ったわけではない。その証拠に、彼の方からぼくに仕事を手伝えと命令してきたことは一度もなかった。

――おまえの母親が生活を立て直したら、いつか迎えにくるかもしれない。そうしたら、おまえはここを出ていかなきゃならない。

そのように、逸郎さんは以前、ぼくにはっきりと告げたことがあった。

それは当然だと頭で分かってはいても、心の中では納得できなかった。逸郎さんと離れたくない。もしそんな事態になったら、柱にしがみついてでも抵抗し、このペンションに置いてもらうつもりだった。

「三泊四日のご予定ですね。では」ぼくは宿泊カードをカウンターに置いた。「これに記入してもらえますか」

「ごめんなさい。わたしはいま手を怪我していて、ペンを持てないの。代わりにあなたが書いてくれないかしら」

「そういうことなら承知しました」

あとでやっておくつもりでカードをいったんしまおうとしたら、鈴木潤子という客は「いま書いてもらえない？」と言ってきた。

「はあ……」

「あなたのお名前を教えていただける?」

「須貝佑真《ゆうま》です」

「もしかして、ここはオーナーとあなたの二人だけでやってるの?」

「いいえ。普段は、夕方になったら、アルバイトの従業員が通ってきます。ぼくは、学校が休みのときだけ、こうして手伝っています」

「自慢の息子さんを持って幸せね、お父さんは」

そうだろうか。笑顔こそサービス業の最も大事な商売道具だというのに、逸郎さんは、よくこれで宿の主人が務まるな、と不思議になるぐらい感情を表に出さない人だ。だから、ぼくのことをどう思っているのか、十年近く一緒に暮らしていても、全然分からないままだった。

保護者になってくれたのだから、行く当てのない孤児《みなしご》を気の毒に感じたのは間違いないだろうけれど、彼の仏頂面《ぶっちょうづら》を見ていると、心の底では、厄介《やっかい》なものを押しつけられた、とでも思っているのではないか。そんな気がしてならない。

ぼくは予約のメモにあった内容を宿泊カードに書き写していった。

ただ写せばいいだけなのだが、ぼくはやたらと字を間違え、用紙を何枚か無駄にした。潤子が、ぼくの手元をじっと凝視してくるせいで緊張してしまったのだ。

ありがたいことに、そこへ逸郎さんが戻ってきてくれた。あとは父に任せて、脂汗をたくさんかいたまま、ぼくは鳥小屋の方へ戻った。

三メートル四方ぐらいの大きな金網でケージを作り、その中で十羽を飼っている。ケージの中に入り、鳥の数を確認したぼくは、思わず「あれ？」と声を出していた。

一羽足りないのだ。

鳥小屋の隅から隅まで調べても、逸郎さんが最も可愛《かわい》がっていたミソサザイの姿は見つからなかった。

3

その朝、ぼくが五時に起きると、逸郎さんはもう朝食を作り終えていた。

「三日前から泊まっている、鈴木って女の人だけど……」

ここは客室とは別の建物だから、普通の話し声なら潤子の耳には届かない。それでもぼくは、ぐっと声を潜《ひそ》めた。

「大丈夫かな。ちょっと変だよ」

逸郎さんは黙って朝食のパンをちぎった。「……どこがだ」

「ぼくに宿泊カードを書かせたんだ。手を怪我している、とか出鱈目《でたらめ》を言って」

彼女は怪我などしていなかった。両手に荷物を持って現れたのだから。

「それに、後ろ暗い感じがする。昔、何か悪いことをしたみたいな」

鈴木潤子の印象について、ぼくがひとしきり喋《しゃべ》り終えると、逸郎さんはぼそっと呟《つぶや》くように、

「滅多《めった》なことを言うもんじゃない。相手はお客さんだぞ」

そんな言葉を口にした。でも、やっぱりあの女はちょっと怪しい。一見気丈に振る舞っているけれど、その裏側に深い負い目みたいなものを抱えているような気がする。

朝食を終え、洗濯や掃除などの仕事を済ませたあと、ぼくはペンションの裏手に広がる森へ向かった。

早朝は、森が特に命に満ち溢《あふ》れた姿を見せるときだ。鳥たちの大合唱に耳を傾けながら、朝露に濡《ぬ》れた獣道に目をやれば、動物たちの足跡をたくさん見つけることができる。太陽の位置が高くなると、今度はセミの鳴き声が大きな塊《かたまり》になって四方から押し寄せる。

だけど、いまのぼくは、そんな森の素晴らしさを味わうどころではなかった。体がふらふらしている。このところ、心配のせいで夜はよく眠れなかったのだ。

ミソサザイが消えた次の日、兎も一羽いなくなっていた。そして昨日は狐も一匹、姿をくらましていた。

たいへんなことになったと思った。

ペットが消えた件は、逸郎さんに黙っていた。

朝食の席では、「動物たちに変わりはないか」と質問されるのが怖くて、ぼくの方からあれこれ喋り続けた。

逸郎さんはペットたちをとても大事にしていた。逃げたと知ったら、きっとぼくに失望してしまう。彼に感づかれてしまう前に、消えた動物たちを何とか自分で見つけられないか。そう思って、時間を作っては、こうして森に足を運んでいた。

と、次の瞬間、ぼくは驚いてその場に立ち竦《すく》んだ。遊歩道の行く手に、潤子が幽霊のように立っていたからだ。まるでぼくを待ち構えていたかのようだった。

こうして見ると、頰《ほお》がやけにほっそりしている。生きるのに苦労してきた人の表情だと思った。そしてなぜか、この人の顔にはどこか見覚えがあるような気がしてならなかった。

「シルビアって素敵な語感だと思わない？　たしかラテン語で『森』っていう意味らしいわね」

「はい、そうです。……あの、ここで何してるんですか」

「虫でも採ろうと思って」

見ると、潤子は虫かごを持っている。そういえば、このお客は保育園で保育士をしていると言っていた。園児たちに見せるつもりだろうか。

「どんな虫が欲しいんですか」

「そうねえ。やっぱりカブトムシがいいかな」

「だったら、木に蜜を塗っておけばよかった。黒砂糖を水で溶《と》かして、酒と酢も加えるんです。そうやって作った液体を椚《くぬぎ》のウロに付けておけば、一晩で森中のカブトムシが集まります」

　そう説明しているうちに、そばにあった椚にちょうど雄と雌がとまっているのを見つけた。

「カブトムシを摑《つか》むにはコツがあります。雄は短い方の角を、雌は頭と胴の間を摘《つ》まむといいんです」

　そのとおりやってみせてから、彼女の虫かごに入れてやった。

「カマキリの場合は、首を後ろから持つと鎌が届きませんから怖くないですよ。バッタなら、胴体を軽く指先で摑む。足だと簡単にもげちゃいますから注意してください」

　言葉どおり実演して何匹かの虫を捕《つか》まえてやった。

「ありがとう。——佑真くんは、こんなに朝早くから何をしていたの」

　ぼくは黙っているつもりだったが、なぜか口が勝手に動き、「ペットたちを探しているんです。逃げちゃったから」と喋ってしまっていた。

　どうしてだろう。不思議なことに、この潤子という人の前では、気兼ねなく話ができそうな気がしてならない。

その潤子が、ペットの小屋を見せてくれと言うので、そこまで連れていくことにした。

「どう考えたって、動物が自分で開けられる作りじゃないわよね」

鳥小屋の南京錠《なんきんじょう》を確かめながら彼女が口にした言葉は、実にもっともだった。

「鍵《かぎ》を持っているのは誰かな」

「父とぼくだけです」

「あなたが逃がしたの?」

「違います」

「じゃあ、犯人は一人しかいないと思うけど。違う?」

4

チェックアウトの手続きを済ませた潤子の荷物を、ぼくは両手で持った。この旅行バッグの中には、先ほど捕まえた虫が入っているのだろうか。それとも、もう森に帰してやったのだろうか。

いや、問題は虫よりも動物だ。逸郎さんはどうしてペットたちを逃がしたのだろう。

駅へ向かう坂道を、ぼくは彼女の荷物を持って、逸郎さんと潤子と一緒に歩きながら、そのことばかりをずっと考えていた。

世話係を買って出たぼくを困らせようとした。やっぱりぼくが邪魔だったから……。相変わらずむすっとした表情を崩《くず》さない逸郎さん。彼の様子を見ていると、どうしても、そのように解釈するのが一番自然に思えてならなかった。

ホームに列車が停まった。潤子が乗り込み、彼女の後ろから荷物を持って、ぼくが続いた。

今日も列車は空《す》いていた。潤子がボックスシートに腰掛ける。ぼくは腰を屈《かが》めて窓を開いた。

だがホームに立つ逸郎さんは、その場から動こうとしない。

このときになって初めて気づいた。彼は手ぶらだった。客に渡すいつもの木彫りの人形を持っていない。

「父さん、お土産《みやげ》は？」

「あるだろう、そこに」

「そこ」とはどこなのかよく分からなかったが、たぶん潤子の手荷物のことだろうと解釈し、

「お客様のバッグに木彫りの人形が入っているはずですから、あとで確かめておいてください」

そう彼女に伝え、列車から降りようとした。すると、

「待てっ」

窓の外から逸郎さんが鋭く言った。

「座りなさい」

彼は窓越しにボックスシートを指差した。潤子が座った向かい側の席を、だ。

「でも、もうすぐ発車だよ」

「いいから」

気を揉《も》みながら、潤子の向かい側に浅く腰掛けると、ほどなくして『バッタのセロひき』が流れ始めた。

もう我慢できず、ぼくは尻を浮かせたが、逸郎さんはやはり窓の外から「じっとしていろ」と鋭く目で制してくる。

ぼくは、ぼんやりと気づき始めていた。

潤子はどうしてぼくに宿泊カードを書かせたのだろう。ぼくがどんな字を書くか興味があったからではないのか。彼女はどうしてぼくに虫採りをさせたのだろう。遠い過去を思い出してほしかったからではないのか。ぼくが実の両親と暮らしていたときの記憶を。

どうして逸郎さんがこの女性客にいつものプレゼントを用意しなかったのか。その理由にもようやく見当がついた。

彼はちゃんと準備していたのだ。ただし今回は木彫りの人形ではなく、生身の人間だ。逸郎さんから潤子への贈り物は、ぼく自身だった――。

5

ソフビの怪獣に超合金のロボット。それに加えてベーゴマやらミニカー、ブリキの電車まであった。

ぼくが小さい頃に遊んだ玩具《おもちゃ》を、鈴木潤子は――母さんは段ボール箱に入れて大事に取っておいてくれていた。

ぼく自身はもうこんなもので遊ばないし、場所を取って邪魔なので、「勤め先の保育園に持っていく」という母の申し出はたしかにありがたい。だが、愛着があってなかなか手放す気になれないのも事実だった。

ぼくは段ボール箱の前を離れ、窓から『シルビア』の建つ山の方を眺めた。

三か月前、駅で別れたときの場面は、いまでもときどき現実そのままの形で夢に出てくる。

ぼくは列車の窓から顔を出し、後ろを振り返った。逸郎さんの姿がどんどん小さくなっていく。その姿が涙で霞《かす》んだ。最悪の別れ方だと思った。あれ以来、ぼくは逸郎さんに電話もしていなければ手紙も書いていなかった。

でも時間が経《た》ち、ぼくの気持ちも落ち着いた。

ぼくが抵抗するだろうことを先読みし、騙《だま》し討ちのような手で実の親に引き渡した。そのことを、彼が気にしていないはずがない。

だからぼくは彼に手紙を書いた。感謝こそすれ、決して怒ってはいない、と伝える手紙を。けれど、それをなかなか出せずにいた。

「もう決心はついた？」母さんがぼくの部屋に入ってきて、段ボール箱に目をやった。

「そろそろ持っていくからね」

「ちょっと待って。やっぱりもったいない」

「またそんなことを言い出す。どうせ遊ばないくせに」

「でも」

「じゃあ、こうしなさい。いっぺんに全部手放すことが無理なら、要《い》らないものから一つずつ処分するの。どう？」

なるほど。それはうまい考えかもしれない。

「さあ、箱の中身を、お気に入り順に並べてごらん。後ろの方にくるのはどれかしらね」

ぼくは母の言葉に従い始めた。やっぱり、ベーゴマ、電車、ミニカー、ソフビ、超合金の順序か。それとも怪獣よりロボットの方が大事かな……。

そんなふうに悩んでいる最中、はたと手が止まった。

ああ、と思いながら、ぼくは天井を仰いだ。逸郎さんがどうして可愛がっていたペットたちを逃がしたか、その真意が分かったような気がしたからだ。

鳥、兎、狐。小さい方から大きな方という順序で動物たちを手放したのは、慣れておくためだったのではないか。息子との別れに。

「保育園のすぐ前に、郵便ポストってなかった？」

声が勝手に弾《はず》んだ。仏頂面の裏側を、初めてちらりと覗《のぞ》くことができた。それだけなのに、無性に嬉《うれ》しかった。

「ええ。あるけど」

「じゃあ、ぼくも」母に、まずはベーゴマを渡しながら立ち上がった。「一緒に出掛けるよ」

虚飾の闇

1

【×月×日　羽咲《はねさき》ルミの行動／朝八時にスタジオ入り。午後三時までドラマ収録。その後フィットネスクラブ。この間、食事二回。トイレ五回。入浴一回……】

タッチスクリーンに表示された匿名掲示板の文字を追っていると、ガチャンと瀬戸物のぶつかる大きな音がした。わたしの両肩はびくりと跳《は》ね上がり、持っていたスマホを落としそうになった。

「すみません」

カウンターの向こう側で、カップとソーサーを持った持田隆利《もちだたかとし》が頭を下げる。

「いいのよ。——ありがと」

持田の太い腕からコーヒーを受け取ると、わたしはハンドバッグを開け、キャップのついた小指ほどの瓶《びん》を取り出した。

「それは何ですか、ルミさん？」

「ちゃん」ではなく、「さん」。わたしに対する持田の呼称はそうだった。いくらタレントとマネージャーという関係でも、二十二歳の女を五十二歳の男が呼ぶのなら、もっと馴《な》れ馴れしくてもよさそうなものだが。

　身長百八十五センチ、体重百二十キロ。柔道で鍛《きた》えた巨体の持ち主である持田こそ、マネージャーでいるよりはタレントに向いているかもしれない。

「これ？　ただのシロップだけど」

　嘘《うそ》をついたせいで声の調子が少しおかしくなった。

「言うまでもないことですが、体形には気をつけてもらえますか。ドラマの主演も控《ひか》えてますので」

「心配しないでよ。大丈夫、無糖のやつだから。それに、わたしがぜんぜん太らない体質だってことは、モッちゃんなら誰よりも分かってるでしょ」

　わたしは軽く笑って瓶のキャップを開けた。中身の透明な液体をコーヒーに混ぜ、一口啜《すす》る。持田が淹《い》れてくれるトアルコトラジャはいつも美味《おい》しい。だけど、いまのわたしには味がまるで分からなかった。この〝シロップ〟のせいで、いつもより苦く感じられるだけだ。

「そうでしたね。ではアイスクリームも食べますか」

　持田はカウンター横の厨房《ちゆうぼう》を指さした。そこには高さが二メートルを超える業務用の冷凍庫が置いてある。

いまわたしと持田がいる場所は、先月閉店した喫茶店だった。その名も『アクトレス』。持田の叔父が一人で経営していた。その叔父が亡くなり、管理を持田が任《まか》されたのだ。路地裏の一角にひっそりと構えられた店だから、芸能人の隠れ家としてはちょうどいい。仕事の合間に休憩するにはもってこいの場所だった。

「遠慮しとく。いまは体を冷やしたくないの」

わたしはスマホのスクリーンに目を戻した。数か月前から、誰かが何らかの方法でわたしの行動を完全に把握し、それをインターネット上にアップしている。

「また更新されていますか」

目で頷《うなず》き、スマホの画面を持田の方へ向けてやった。

「まったく……。いったいどこからこっちを見ているんですかね」

芸能界歴の長い持田でも、わたしをつけ狙《ねら》っているストーカーがどのようにしてこれだけ正確な情報を得ているのか、まるで見当がつかないようだ。きっとこの手の連中にも業界といったものがあり、いろんな手口についての情報交換が行なわれているのだろう。

過去、同じ匿名掲示板にアップされた記事の中には、【羽咲ルミ愛用の腕時計】というキャプションとともに、フィットネスクラブで紛失したカルティエの画像もあった。

相手は単なるネットストーカー行為に留《とど》まらず、実際に窃盗《せっとう》にまで手を染めたわけだから、こちらとしても黙っていられるはずがなく、当然、警察には相談している。ただし事態はまだ、いっこうに改善されていない。

「タレントになると、こういうことされるんだよ。モッちゃん、心配にならない？　娘さんのこと」

持田の娘、遥《はるか》も小さい頃から芸能界入りを志望していて、来月、新人女優「もちだはるか」としてデビューすることが決まっている。以前、何かのイベントで一緒になり、並んで写真を撮ったことがあるが、父親の血が強く出たようで、遥はずいぶんと大柄な肉感的な子だった。

「仕方ありません。迷惑な輩《やから》は昔からいるものです」

「そうね。わたしと同じ目に遭《あ》わないよう祈るだけね」

スマホをバッグにしまうと、持田は待ってましたとばかりに、それほど厚くない冊子を一部差し出してきた。

「お疲れでしょうけれど、これに目を通しておいてもらえませんか」

それは『虚飾の闇』と題された二時間ドラマの脚本だった。わたしが初主演する予定になっている作品だ。悪女の役だと聞いている。

ざっと目を通してみた。わたしが演じる主人公は人気上昇中の若手アイドルという設定だった。

このアイドルは、あるときファンの男と口論をし、かっとなって首を絞《し》めて殺してしまう。彼女は男の死体を、腐らないように、そして誰にも見つからないように、いったん雪の中に埋めておく――。そんな内容のサスペンスものだった。

「わりと面白いじゃない」

最後まで読み終え、脚本を閉じようとした。その手が空を切ったのは、突然、頭痛と目眩《めまい》に襲われたせいだ。

視界がすっと暗くなっていき、やがて完全な闇に変わるまで、あまり時間はかからなかった。

2

目が覚めると、霞《かす》む視界の中にあったのは持田の顔だった。髭《ひげ》が伸びていて、頬《ほお》の肌も荒れている。ほとんど眠らずに、わたしに付き添ってくれていたようだ。

「この四十八時間、本当に心配しましたよ」

彼はそう呟《つぶや》くと、ボタンのようなものを押した。ナースコールというやつだ。するとここは病院なのだろう。

「医者の話ではこの中身は無糖のシロップではなく――」ベッドの横で持田は、わたしが持っていた小瓶を掲《かか》げてみせた。「アルカロイド系の毒だったそうです」

そのとおりだから、わたしは黙るしかなかった。都内の薬草店をこまめに回ってヤマカガシグサを買い集めるのは少々骨が折れたが、それを煮詰《につ》めて有毒なエキスを抽出するのは案外簡単だった。

「それから、自殺を成功させたかったらこの一・五倍の量が必要だ、とも言っていました。――原因は、あのストーカーですか」

頷いた。芸能界に入ったとき、こういうこともあるだろうと覚悟はしていたが、いざ実際に被害に遭ってみると、プライバシーを剝《は》ぎ取られていく精神的なダメージというものは、予想をはるかに超えて大きかったのだ。

だが、こうして助かってみると、どうしてこんな馬鹿な真似《まね》をしてしまったんだろうと、後悔しか感じなかった。

「マスコミにはもう嗅《か》ぎつけられた？」

持田は頷き、近くにあったテーブルの上から今日の朝刊を取った。【女優の羽咲ルミさん救急搬送される】の見出しは社会面の下の方に、わりと大きな扱いで出ていた。

「これで初主演もおじゃんかな」

「大丈夫ですよ。降板の話は出ていません」

この業界では、スキャンダルも商売道具の一つだ。自殺を図った女優が主演となれば、かえって視聴率が上がる。そのようにドラマの制作者は踏んだのかもしれない。

わたしは霧のかかった頭で、『虚飾の闇』の筋書きを思い出してみた。

雪の中に死体を隠した主人公は、遺書を残して失踪するという騒ぎを起こしてみせる。そうしてから死体を掘り返し、山の中に運び、木の枝で首を吊《つ》った状態にしておく。後日、死体は登山者に発見されるが、絶命してから時間が経《た》っているため、警察は死因と死亡時期を正確に推定できない。結果、男の死は「状況からしてアイドルの後追い自殺」として処理される——という内容だった。

ちゃんと覚えている。記憶力に問題はなさそうだから、台詞《せりふ》の暗記で苦労することもないだろう。だが体力の方はどうか。歩いたり走ったりできるのだろうか。

わたしは医者が来るのを待ち、病院内の廊下を歩く許可を得てから、持田に支えてもらいつつ、ベッドから立ち上がった。

自分は人一倍腕力が強いので、揉《も》みあった相手が華奢《きゃしゃ》だと間違って死なせかねない。本気でそう心配しているこのマネージャーはいつも、わたしに男性ファンが群《むら》がってきたとき、彼らを排除する仕事を他の警備員に任せ、自分はひたすらわたしの盾《たて》になることに徹するのだった。そんな持田のグローブみたいに大きな手に触れられていると、とても安心できた。

手荷物の中にあったサングラスをかけ、廊下を歩いてみた。レンズの色が薄いせいで、人相を完全には隠すことができなかったため、俯《うつむ》き加減で歩を進めた。最初は手摺《てすり》に摑《つか》まっていないと不安だったが、十歩も進まないうちに、それも必要なくなった。

そのとき、向こう側からストレッチャーに乗せられた患者が運ばれてきた。横たわっているのは二十歳前後の女性だった。彼女の傍《かたわ》らには、五十代と見える男性が心配そうに付き添っていた。

その男性はわたしと視線が合うや、さっと顔色を変え、

「おまえのせいだぞ！」

そう怒鳴《どな》りながらこちらへ詰め寄ってきた。

「早く戻ってくださいっ」

男性とわたしの間に割って入り、相手に向かって柔道の構えをとった持田。彼の発した言葉に従い、わたしは小走りに病室へ逃げ帰った。

胸に手を当てながら待っていると、持田は五分ほどして戻ってきた。さっきの男性と軽くやり合ったらしく、ネクタイが曲がっている。

「誰なの、あのおじさん？　全然知らないんだけど」

「ストレッチャーで運ばれていった女性がいましたね。あの人の父親ですよ」

その人がどうしてわたしに恨《うら》みがあるんだろう……。

しばらく考えてから気がついた。あの女性はたぶん、わたしのファンなのだ。そして新聞記事を見て、彼女もまた大量に薬を服用した。『虚飾の闇』にも描かれている現象だが、

有名人や芸能人が自殺を図ると、後を追って同じ行為に走る人がいるものだ。

持田は分厚い手を、そっとこちらの肩に乗せてきた。

「ルミさんの影響力は、ルミさんが思っている以上に大きいんです。もう愚《おろ》かな真似はしないと誓ってもらえますか」

わたしは涙ながらに頷いた。

3

自殺未遂から三週間後、『虚飾の闇』の衣装合わせは、テレビ局の一室で行なわれた。終わったときには深夜になっていた。

事件が起きたのはそのときだった。持田と一緒に楽屋に戻ると、ドアをこじ開けようとしている男がいたのだ。

手足が枝のように細く、頬がこけた、やけに貧相な男だった。坊ちゃん刈りというのか、額《ひたい》に垂《た》らした前髪を眉毛の上で切りそろえ、偽造したに違いないスタッフIDを首にぶらさげている。

男はこちらに気づき、脱兎《だつと》のごとく逃げ出した。

ほぼ同時に持田も駆け出していた。わたしも彼の背中を追いかけ、局内の廊下を走った。

男は男子トイレに逃げ込んだ。持田も入ると、中からドタンガタンと格闘する音が聞こえてきた。

心配で仕方なかったが、場所が場所だけに、ドアを開けることは憚《はばか》られた。曇《くも》りガラス越しに中の様子を想像するしかない。

やがて音が止《や》み、ドア越しに、「ルミさん」と持田の声がした。「取り押さえました。他に誰か、そこにいますか」

「いないよ。わたしだけ」

すると静かにドアが開き、男の襟《えり》を摑んだ持田が出てきた。柔道の技で絞め落としたのだろうか、男の首はがっくりと下に垂れている。

「こいつですよ、ストーカーは。間違いありません」

持田が男の手首を取った。そこには女ものの腕時計が光っていた。以前フィットネスクラブで見当たらなくなった自分のカルティエに間違いなかった。

「ルミさんはタクシーで帰ってもらえますか。わたしはこの男を警察に突き出してきますので」

「分かった。でも一人で大丈夫？　誰か呼んできた方がいいんじゃないかしら」

「いいえ、できるだけ騒ぎを大きくしたくありません。またマスコミ連中にうろうろされたらやっかいです」

持田は、男の細い体を軽々と肩に担《かつ》ぎ上げた。

「ここから駐車場まで誰にも見られないよう、ルミさん、わたしを先導してもらえますか」

「分かった。任せて」

4

午前中はラジオ出演。午後からは雑誌のグラビア撮影。それが今日のスケジュールだった。

ラジオ局を出てフォトスタジオに向かうまでの間に、持田が「休憩しませんか」と言ってきたので、また『アクトレス』に立ち寄ることにした。

わたしはカウンター席に座り、持田が淹れてくれたコーヒーを飲んだ。今日のトアルコトラジャはやけに苦《にが》いな。そう感じながら、ここへ来る途中に買い込んできた一般紙やスポーツ新聞を片っ端から開いてみた。

持田がストーカー男を捕《つか》まえたのが一昨々日《さきおととい》の夜だ。今日こそあの事件が報道されているかと思ったが、やはりどこにも載《の》っていなかった。スキャンダルが続くことを心配した事務所が、警察とマスコミに手を回して黙らせているのだろうか……。

いつの間にかコーヒーカップは空になっていた。

「悪いけど、もう一杯淹れてもらえる？」

「いいですよ。でも、ちょっと待っててください」

コーヒー豆が切れたので、建物の裏にある倉庫へ取りに行くつもりだろう。持田がいったん外に出て行った。

わたしはスマホを取り出した。待ち受け画面は、自分と遥が並んで撮った写真にしてある。それとなく持田の目に触れるようにしてやれば、彼も喜ぶだろう。

そう思いながら、ストーカーが投稿していた匿名掲示板を覗《のぞ》いてみる。わたしに関する情報がもう更新されていないことを確かめたときには、じっとりと汗をかいていた。

今日はかなり暑い。アイスクリームを一つもらうつもりで、スマホを持ったまま厨房へ向かい、冷凍庫を開けた。

目を疑った。

冷凍庫は棚がすべて取り払われ、上から下までが一つの空間になっていた。そして、そこに入っていたものは、氷でもアイスクリームでもなく、一人の人間だった。

すっかり凍りついているから、死体であることは間違いない。白い霜《しも》が顔全体に張り付いているが、人相を確認することはできた。男だ。こけた頬と、切りそろえた前髪。先日テレビ局で捕まえたストーカー男に間違いなかった。

「見てしまいましたか」

腰を抜かさんばかりに驚いているこちらの背後で、持田の落ち着いた声がした。

わたしは口をぱくぱくさせながら、冷凍庫の中にある死体と持田とを見比べた。何度かそうしてから、声を絞《しぼ》り出すようにして言った。「あのとき、殺したのね」

いや、殺したのではない。死なせてしまったのだ。テレビ局のトイレで揉み合った際、体力ではるかに勝る持田は、この華奢なストーカー男の息の根を、うっかり止めてしまったのだ。

「そうです。すみません。ルミさん、許してください」

「わたしに謝ってもらっても困るわよっ」

持田は「警察に届け出る」と言っていたが、実際はそうせず、死体をここに隠したわけだ。なるほどこの事件が報道されないはずだ。

それにしても、なんて馬鹿なことをしたのだろうか。

「過失なんだし、わざとじゃないんだから、警察に行って正直に話せばよかったのに」

とにかく、今度こそきっちり通報しなければ。【羽咲ルミのマネージャー、過失致死罪で逮捕】。新聞や雑誌の見出しが頭にちらつき、芸能リポーターに囲まれる様を想像してうんざりしたが、そんなことは言っていられない。

わたしは持田の前から後ずさり、距離を取った。するとした、彼は同じ分だけ近づいてきた。「このことは黙っていてもらえませんか」わたしは首を横に振って、また一歩下がった。その際、足がぶつかり、そこにあった屑《くず》籠《かご》を倒してしまった。中のゴミがばらりと床に散らばる。それを視界の端でとらえながら、また距離を詰めようとしてくる持田に、きつく言い放った。「来ないで」

持田が足を止めたので、わたしは一一〇番に電話するためスマホに視線を移した。

過失致死であるにもかかわらず、彼がなぜ警察に届け出なかったのか。その理由に思い当たったのは、待ち受け画面の写真を目にしたときだった。――もちだはるか。

持田にとって、いまは娘が芸能界に登場しようとしている大事なときなのだ。たとえ故意ではなく過失だったとしても、父親が人を殺《あや》めているとなれば、この先、もちだはるかが映画やテレビに登場することは決してないだろう。

わたしはスマホを持った手を下ろした。そうするしかなかった。競争率の高いこの世界でデビューまで漕《こ》ぎ着くことがどれほど難しいか、わたし自身がよく知っている。事件が明るみに出たら、遥があまりに気の毒だ。

「すみません。ルミさん、許してください」

ありがとうございます、と礼を言うべき場面だと思うが、なぜか持田は、また謝罪の言葉を繰《く》り返した。

それはともかく、ではいったい、この事態にどう対処したらいいのか。わたしは文字通り頭を抱えつつ、絶望的な気持ちで持田を見やった。

意外にも、彼は丸い顔に柔和な笑みをたたえていた。

「問題はありません。このストーカー男は自殺したことにしますから」

「自殺？　簡単に言うけど、そんなにうまく世間の目を誤魔化《ごまか》せると思うの」

「誤魔化せる場合もあります。例えば『虚飾の闇』みたいに、です」

あるタレントが自殺を図るなり、実際に死ぬなりする。そうした後、そのタレントのファンである人物が死体となって見つかれば、世間はその死を後追いで自殺したものと思い込む——。

それが持田の目論見《もくろみ》らしいが、どう考えても破綻《はたん》している。わたしが自殺を図ったのは三週間以上も前だ。いまさら後追いをする人はいない。おまけに未遂だったのだからなおさらだ。

そのとき、わたしの靴がクシャッと音を立てた。屑籠の中に入っていたゴミを踏みつけてしまったらしい。

視線を下に向けると、ヒールの下敷きになっているものは湿った草の塊《かたまり》だった。これには見覚えがあった。ヤマカガシグサに違いない。煮詰めてエキスを取り出したあとは、こんなふうに枯《か》れたような薄茶色になる。かき集めればバケツ一杯分もありそうだ。わたしが買い集めた量よりさらに多い。

「すみません。ルミさん、許してください」

また謝罪の言葉を繰り返した持田。彼はいったい、これだけの草を何に使ったのだろう？

その疑問に答えを出す暇もなく、いきなり襲ってきた猛烈《もうれつ》な頭痛と目眩のせいで、わたしの視界はみるみる暗闇に閉ざされていった。

今度は、以前のときよりも一・五倍ほど濃い闇だった。

レコーディング・ダイエット

1

板チョコを適当な大きさに割り、食パンに載《の》せて電子レンジに入れた。加熱時間は三十秒でいい。その間に、冷蔵庫からサラダとパック入りの牛乳を出す。

コップに注《つ》いだ牛乳を飲んでから、食卓に備え付けてあるノートを開いた。

「食パン二枚。板チョコ全体の半分ほど。サラダ（胡瓜《きゅうり》とレタス）。牛乳コップ一杯」

口を動かしながら、胃袋に収めたものを記入していく。

すべて平らげたあと、軽く腹をさすってみた。いつもならだいたいこのぐらいで満腹になるのだが、なぜか今日はちょっと足りない気がする。

食べ終えた皿を流しに放り込んでから、もう一度冷蔵庫を開けた。五百グラム入りのヨーグルトは、容器の中にまだ半分ほど残っていた。それにブルーベリーのソースをかけ、容器にスプーンを突っ込んで口に入れたあと、再びノートを開く。

精神科医という仕事は、人の愚痴《ぐち》や悩み、苦労話ばかりを延々と聞かされる。ストレスの溜《た》まり方は尋常ではない。

その解消法は、わたしの場合食べることだった。結果、今年の春には体重が九十キロを突破していた。

あれから四か月で十五キロの減量に成功したのは、レコーディング・ダイエットという方法のおかげだ。

ヨーグルト二百五十グラムの分もきちんとノートに記録し終えたとき、時計のアラームが午前八時半を告げた。出勤の時間だ。

わたしは、歯磨《はみが》きガムを口に放り込み、寮の部屋を出た。

建物に隣接する駐車場へ向かう途中、頭に白いハンカチを載せた。スズメバチは黒いものを狙《ねら》って襲ってくるという。駐車場のフェンスを一つ隔《へだ》てれば向こう側は雑木林になっている。八月上旬のいまは、朝から連中が活発に動き回っているから注意が必要だった。

「十五番　半藤穣《はんどうみのる》」。わたしの駐車スペースに設置されたプレートにも、スズメバチが一匹とまっていた。

刺激しないよう、そっと車に乗り込む。シートが少し濡《ぬ》れていた。昨晩、雨が降ったせいだろう。この季節だと、朝からすぐに暑くなってしまうから窓を少し開けたままにしていた。それがまずかった。

高台にあるこの単身者用の寮から、勤務先の病院までは、坂道を下ってすぐの距離だ。普段は歩いて通勤している。自転車も持っているが、帰りの上り坂を漕《こ》ぐのがしんどいので、遅刻しそうなとき以外には使わない。

今日は仕事を終えたあと隣の市にある実家へ寄るため、車で出かける必要があった。寮から緩《ゆる》い坂道を下りてきたところがバス停留所になっていた。その手前にある信号で停《と》まると、知っている患者が横断歩道を渡っていくのをよく目にする。

ちょうどいま、自分が担当している白石充幸《しらいしみつゆき》がバスから降りたところだった。わたしと同じく今秋に不惑《ふわく》を迎えるというこの男は、今日も醬油《しょうゆ》で煮しめたような色をしたチェック柄の洋服を着ている。というか、これ以外の服を着た彼の姿を見たことがない。

町のメンタルクリニックで「妄想性障害」と診断され、紹介状を持ってわたしの前へやってきた男だ。

カウンセリングの開始はいまから一時間後なのだが、もうやってきたということは、勤務していた運送会社をリストラされたいま、他に何もすることがないからだろうか。

信号が青になり、わたしはアクセルを踏んだ。

耳が妙な音を捉《とら》えたのは、あと十メートル先を右折すれば病院の職員用駐車場の入口がある、という地点でのことだった。

ブンと重い異音だった。同時に、耳たぶのあたりに生温《なまぬる》い風圧も感じた。

黄色と黒の縞《しま》模様をした小さな物体が目の前に現れた。危険のシンボルであるその色を纏《まと》った巨大だがスリムな羽虫《はむし》は、スズメバチに違いなかった。

こいつらは動くものに対して攻撃をしかけるらしいから、じっとしているべきだったのかもしれない。だが、怖くて我慢できなかった。このままでは刺されると思い、つい首をすくめてしまった。

次の瞬間、重い衝撃を全身に感じた。ボーンと大きな破裂音がして、体がシートに強く押し付けられた。

2

診察室に入ってきた白石は、さっきバス停で見かけたときと同じで、生気のない目をしていた。

白衣を着ない主義のわたしは、今日もスーツにネクタイという姿のまま彼と向き合い、まず軽く自分の腹を叩《たた》いてみせた。

「どうです、だいぶスリムになったでしょう。いい具合に成果が出てきましたよ」

初回のカウンセリング時に、彼の緊張を解くため世間話をした。レコーディング・ダイエットに取り組んでいることは、そのときすでに話してある。口に入れたものを文字にして可視化すれば、自然と食べ過ぎを抑えられること。また記録するのが面倒だから食べるのはやめよう、といった心理も働くこと。そういう仕組みについても教えてやった。

「もしあなたが太って困ったとき、絶対におすすめですよ」

極度に痩《や》せている白石に、この言葉は余計だったか。

「ところで、先ほどここへ来る途中で車が事故を起こした音を聞きましたよね」

白石はゆっくりと頷《うなず》いた。彼に限らず、精神科に来る患者の多くは、動きが緩慢《かんまん》だ。

首をすくめてしまったせいで運転が疎《おろそ》かになった。速度は二十キロ程度しか出ていなかったと思うが、門柱に当たったのが、ちょうどバンパーの裏側にあるセンサー部だったため、エアバッグが作動してしまった。

保険会社に連絡し、病院の総務課に顔を出して謝るなどしているうちに、危うく診療の開始時間に遅れてしまうところだった。

「職員駐車場の門柱に車をぶつけた間抜けなやつがいるんですよ。まあ、実を言うと、その間抜けはわたしなんですけどね」

少しは笑ってくれることを期待したが、そうはいかず、白石は目を伏せただけだった。

それにしても、最近は不運続きだ。

風の強い日、寮を出ようとしたとき、頭上から鉢植えが落ちてきたのが三週間ほど前のことだ。出入口の真上に位置する部屋を二階から六階まで回って部屋の主たちに対して詰問したが、誰もが過失を否定した。結果、あの鉢がどこのベランダから落ちたものやら不明のままになっている。

十日ほど前には、人混みに押されて、駅のホームから転落しそうになった。ちょうど電車がやってきたタイミングだったから、もし転げ落ちていたらおしまいだった。

いや、これだけ危ない目に遭《あ》っていても、まだこうして無事に生きているのだから、考えようによっては運がいいとも言えるだろう。

「さて、今日が五回目のカウンセリングですね。よかったら、前回から今日までの間、白石さんの身の上に起きたことを話していただけますか」

白石はなかなか口を開かない。毎回こうだ。

「では、いま思っていることを、何でもいいからおっしゃってください」

そしてわたしも黙り続けた。

カウンセリングの間は、ほとんど一方的に患者に喋《しゃべ》ってもらう。それが当たり前で、そうでなければカウンセリングとはいえない。しかし、白石のように口の重い患者というのもいる。そうした場合、精神科医は相手が喋り始めるまで辛抱強く黙っている。

そうすると当然、室内に重苦しい沈黙が流れるわけだが、それでも相手が根負けして何か言うまで粘《ねば》り強く待つ。忍耐力こそ精神科医の商売道具だ。

「……実は」やっと白石が口を開いた。「怖いんです」

「怖いんですね。なぜです」

「いつか、とんでもないことをしてしまいそうで」

ここに来た当初の白石は、誰かに監視されている、あるいは嫌がらせを受けている、といったいわゆる「被害型」の妄想を抱いていた。だが前々回のカウンセリングあたりから、このように少し違う内容を口にするようになってきている。

「とんでもないこと？　それはどんなことです」

白石がまた口をつぐんだので、わたしは紙と鉛筆を用意した。

「話すことが難しければ、紙に書いていただけませんか」

手元を見られていたら書きづらいだろうから、わたしは椅子《いす》から立ち上がり窓辺へ移動した。

やがて、背後から紙に鉛筆を走らせる音が聞こえてきた。

窓から北――自分の実家がある方角を見やると、小児科のクリニックを開業している父親の顔が頭に浮かんだ。

精神科に進むと決めたとき、父には強く反対された。「心の病に罹《かか》った人間の相手は危険だ」それが彼の言い分だった。「残念だが、彼らは自分で自分を治す能力に欠けている」とも常々口にしていた。

もし本当に患者から危険な目に遭わされることがあったら、そのときは精神科医の看板を下ろし、実家《や》に帰ってクリニックを継ぐ。そのように父には伝えてあった。

鉛筆の音が止んでから、わたしは白石の方を振り返った。

紙には、一見するとアラビア文字のようなものが書いてあった。だがもちろんどこの国の字でもなく、糸屑《いとくず》のような、単なる線に過ぎなかった。

やはり白石は、話すこと以上に書くことが苦手なようだ。初回のカウンセリング時、彼がずいぶんと時間をかけて問診票に並べた文字を思い出す。仮名《かな》にしても漢字にしても、形がまるで整っていないうえに、あたかも幽霊が書いたような筆圧の弱い薄い文字だったのだ。

3

目が覚めるとまだ午前四時だった。そのわりにはカーテンの隙間《すきま》から漏《も》れている日差しがやけに明るい。

欠伸《あくび》を途中でやめ、慌ててベッドを降りたのは、目覚まし時計の秒針が動いていないことに気づいたからだ。就寝中に電池が切れたようだ。

別の時計で確認すると、午前八時十五分――遅刻ぎりぎりの時間だった。

門柱にぶつけた事故から十日経《た》つが、車の修理はまだ終わっていない。わたしは自転車置き場から、しばらく乗っていなかった通勤用のママチャリを引っ張り出し、籠《かご》にバッグを放り込んでからサドルに跨《またが》った。

病院までの下り坂は、勾配《こうばい》が緩いとはいえ長く続くため、けっこうスピードが出る。カーブごとに減速し、あとは直線という位置まで来た。

またスピードが乗ってきたところで、ふたたびブレーキをかける。

すると、ぶつんと何かが切れる手応えがあって、摑《つか》んだレバーが抵抗なくハンドルの下部に触れた。

ブレーキのワイヤーが切れたと分かった次の瞬間には、赤信号の交差点が目の前に来ていた。

足を地面につけてみたが、車体を減速させるだけの効果は得られなかった。

横断歩道を渡っていた歩行者にぶつかり、わたしの体は車体と一緒に宙を舞った。

気を失う前、目に入ったものは三つあった。一つは夏の朝空に浮かぶ積乱雲。もう一つは、脱げて宙を舞った自分の黒い革靴《かわぐつ》。最後の一つは、醬油で煮しめたような色をしたチェック柄の洋服だった。

4

病室のドアが開いた。

入ってきたのは長身の男だった。歳《とし》は四十を少し出たぐらいか。小脇に大きめの封筒を抱えている。

右手は動かせないから、男から差し出された名刺は左手で受け取った。南谷という名前の横に印刷された文字を見る限り、彼は所轄警察署の刑事課員のようだった。

自転車事故から三日。昨日までは絶対安静で面会謝絶の状態だった。

最初の面会人が警察の関係者になるだろうことは、なんとなく想像していた。

整備不良の自転車で人を——あろうことか自分のクライアントである白石をはねてしまった。担当医の話では、彼は意識不明の重体だという。

この場合は重過失致傷という罪に該当するのだろうか。刑務所に行かなければならないのか。その場合、医師法ではどう定められていただろう。医師免許は剝奪《はくだつ》されるのだったか……。

南谷はベッド横に置いてあったスツールに腰を下ろした。サイドテーブルには、骨折の手術を受けている間に医師仲間から届けられた葡萄《ぶどう》が置いてある。刑事は、それにちらりと目をやってから、「いまのご気分はどうですか」と訊《き》いてきた。

「最悪です」

無理して強がりの言葉を吐こうと思ったが、そんなことをすればよけい悲しくなるだけのような気がしたため、思っていることをそのまま口にした。

顎《あご》、右手首、肋骨《ろっこつ》、左大腿《だいたい》部の合計四か所を骨折し、全治一か月と診断されている身だ。これで気分のいい人間がいたらお目にかかりたい。

愚問でしたね、というように小さく頷いたあと、南谷は持っていた封筒の中から一枚の写真を取り出した。

特殊なカメラで撮影したものらしい。写っているのは、ワイヤーの断面をアップで捉えたものだった。当然このワイヤーは、わたしの自転車のブレーキに使われていたものに違いない。

いまさらこんなものを見せて、わたしにどうしろというのか、最初は分からなかった。だが、南谷の顔つきが急に厳しいものになったことから、この写真が意味するところにだいたいの見当がついた。

「もしかして、誰かがわざとやった、ということですか」

刑事は頷いた。

重過失の疑いで自転車を調べたところ、ワイヤーが人為的に傷つけられた形跡があった、ということなのだ。ブレーキのレバーを強く握れば、それが切れるように細工されていたわけだ。

だが、いったい誰がそんなことを……。

続いて南谷は封筒の中から何枚かの紙を出した。

「最初は白石さんの身元が分からなかったので、所持品を調べました。そうしたらバッグからノートが見つかったんです。これは、そのノートにあった記述をコピーしたものです」

わたしは南谷から紙を受け取り、そこに書かれている文面に目を通した。

【今日は朝から風が強かったので、半藤先生が寮から出たとき、彼の頭を目がけて、屋上から鉢植えを落としてみた。どうせ強風のせいになると思ってやってみたが、うまくいかなかった】

【半藤先生のあとをつけたら駅に入っていった。電車に乗るようだった。ホームは人で混雑していたから、線路に突き落としても誰がやったか分からないはずだと思って、ちょうど電車がやってきたタイミングで押してみた】

【いまは夏だから半藤先生は車の窓を少し開けたままにしている。昨晩のうちに、そこから車内にスズメバチを一匹入れておいた。もし先生が車に乗ったら、刺されて毒で死ぬかもしれない】

【寮の駐輪場に半藤先生の名前が書かれた自転車があったので、鑢《やすり》を使ってブレーキのワイヤーに切れ目を入れておいた。この自転車で坂道を下れば事故で死ぬのではないか】

その文字は、仮名にしても漢字にしても、形がまるで整っていなかった。その上、筆圧が弱く、まるで幽霊が書いたように薄かった。

――いつか、とんでもないことをしてしまいそうで、怖いんです。

前回のカウンセリングで白石の口から出た言葉を思い出す。あれは、「いまかかっている精神科医を殺してしまうかもしれない」という意味だったようだ。

「半藤先生、あなたの方が被害者だったわけです。そして白石さんは、皮肉にも自分がやったことの報いを受けたということです」南谷はスツールから腰を上げた。「もし彼が亡くなれば、被疑者死亡のまま殺人未遂罪で書類送検することになると思います」

「そうですか……」

どうやら、刑務所に行く羽目《はめ》にはならずに済みそうだ。だが、いまの心境はたぶん、有罪を宣告された場合と同じぐらいに重かった。

ベッドサイドのテーブルに目をやった。そこに置いてある自分の携帯電話に手を伸ばす。

父に電話をしなければならない。いや、いまは仕事中だろうからメールにしておくか。

——父さんの言うとおりでした。いつか受けた忠告が現実になりました。もう少ししたら、そちらへ戻ります。クリニックを継ぎますから、指導のほどをよろしくお願いし……。

頭に浮かんだメール文面を、途中で白紙に戻したのは、ふと気づいたことがあったからだった。

「南谷さん」出て行こうとする刑事を、わたしは呼び止めた。「一つ、分からない点があるんですが」

「ほう。どんなことです？」

「白石さんが書いた文字をもう一度見てください。その筆跡が、普段から字を書いている人間のものに見えますか。わたしには見えません」

「……そう言われると、同意せざるをえませんね」

「そんな人が、なぜわざわざ、わたしを殺そうとしたことを書き残したんでしょうか」

そもそも、見つかれば犯罪の証拠になる記述だから、残してもデメリットこそあれ、メリットは一つもないはずなのだ。

「なるほど。それは疑問ですね」

南谷は顎に手をやった。ドアのところから戻ってきて、ふたたびベッドサイドのスツールに腰を下ろす。

「先生には、その原因がお分かりなんですか」

「考えられる理由はあります、一つだけ。——これです」

わたしは見舞いの葡萄に手を伸ばし、一粒を口に入れた。そして手帳を取り出し、そこに「巨峰《きょほう》一粒」と記録した。

「それは、レコーディング・ダイエットというやつですか」

「ええ」

南谷という刑事は、勘が悪くないらしい。この段階で、なるほど、という顔になった。

そうなのだ。白石は、いわば「殺意のレコーディング・ダイエット」をしようとしていたのではないか。

たしかに彼は、わたしを殺そうとして、ホームで押したり、自転車のブレーキワイヤーに細工をしたりした。だが、一方でその殺意を抑えようともしていたのだと思う。食べたものを書き記せば体重が減っていくように、自分の為《な》した行ないを記録すれば人を殺そうとはしなくなると期待したのではなかったか――。

わたしはメール作成の画面を消し、携帯電話をそっとテーブルに戻した。

父の川

1

学校からの帰り道、ランドセルを背負った穂花《ほのか》が、いきなり腕を前に出して、空気を掻《か》き分けるような動作をし始めた。

「ほのちゃん、それ何の真似《まね》？」

わたしがそう訊《たず》ねる前に、「明日から楽しみだね、お姉ちゃん」と、腕を動かし続けながら穂花は言った。それでピンときた。妹は泳ぐ真似をしているのだ。

わたしは六年生。穂花は四年生。二人とも一学期は今日で終わった。明日、夏休みの初日から、わたしと穂花は父の実家へ泊まりに行く予定になっている。

車で一時間ぐらいの距離にある山間《やまあい》の集落だ。その集落には釜野《かまの》川という水のきれいな河川が流れていて、そこで水遊びをするのが毎年恒例の家族行事だった。

泳ぐというより、ゆっくりとした川の流れに身を任《まか》せて、渓谷《けいこく》の中をすーっと移動していくのが、わたしたち姉妹は大好きだ。ただ、川の途中に高さ二メートルほどの滝があり、わたしも妹もそこを怖がっていた。

——父さんが見ているから怖くないぞー。

滝が近くなって、わたしたちが不安そうな顔になると、父は両手を口元に当ててメガホンを作り、そんな言葉を口にするのだった。

楽しみでならないが、ただ今年は、母が一緒でないところが大きく違っている。いわゆるキャリアウーマンである母は、仕事が忙しくなると、父との仲がうまくいかなくなって、先月から別の場所に住むようになってしまっていた。

すっかり水に浸《つ》かった気分になっている穂花の横で、わたしは腕組みをした。わたしたちを見守りながら、流れに合わせて川縁《かわべり》を歩いてついてくる父親の真似だ。

穂花は、わたしの物真似を見て、澄《す》んだ大きな目を細め、焼き立ての食パンみたいに柔らかそうな頰《ほお》をきゅっと持ち上げ、ころころと笑った。

と、そんな妹が急に足を止めたので、わたしもつられて立ち止まった。

「どうしたの」

しっ、と穂花が人差し指を唇の前に立てる。

わたしたち姉妹の通学路は商店街の中だった。アーケードだから車は通らないが、あちこちの店先から流れてくるBGMのせいで周囲はけっこううるさい。

唇に指を当てた穂花は、まるで外国製の人形のようだった。

わたしは商店街のショウウインドウに映った自分の姿を目にし、心の中で溜《た》め息《いき》をついた。妹の可愛《かわい》さが、どうして姉には欠片《かけら》も備わっていないのだろう……。

——ど・う・し・た・の？

気を取り直し、わたしは声に出さず、一音一音、唇を動かして穂花に訊《き》いた。

穂花は相変わらずしーっの形に指を立てたまま、もう一方の手を耳に当てて音を拾おうとしていたが、やがて一点に視線を据《す》え、そちらの方へ向かって歩き出した。

妹が歩いていった場所は、薬局と青果店の間にある細い路地だった。

後ろをついていくと、わたしの耳も、その音を拾うことができた。動物のか細い鳴き声だった。クゥーンと犬のような声もしたし、ミャアと猫のような声もした。それもそのはずだった。その狭《せま》い場所には、子猫と子犬がそれぞれ箱に入った状態で一緒に捨てられていた。

二つの箱にはともに「飼ってください！」とマジックで書いてある。

穂花がわたしの方へ首を捻《ひね》った。「うちで飼えないかな」

「拾っていくつもりなの？」

「うん。駄目《だめ》？」

「無理だって。お父さんが承知しないよ」

わたしはペットなんて飼いたくないので、つい口調が強くなった。

「でも、頼んでみるまで分からないでしょ」

結局、どうしても穂花は折れず、わたしの方が根負けしてしまった。

わたしが猫を、穂花が犬を持った。

商店街を抜け、街路樹のある住宅街を自宅へと急ぐ。

街路樹は欅《けやき》で、わたしたちの家のすぐ前にも、一本植えてあった。わたしはこの木が好きなのだが、最近はカラスがよく来るようになって、鳴き声がうるさいと感じることもあった。

カーポートには父の車が置いてある。わたしたちより一足先に、市役所勤めの父は、今日からもう夏休みを取っているのだ。

玄関に入ると、女ものの靴《くつ》が置いてあった。母が来ているらしい。

2

「ただいま」は、囁《ささや》き声で口にした。

父はいま母と離婚に向けた相談をしているに違いない。真剣な話し合いだろうから、子供の声で邪魔をするのは憚《はばか》られた。

足音を殺して茶の間の前まで行くと、「どっちにするか決めなきゃね」という母の言葉が、ドアを通して漏《も》れ聞こえてきた。

わたしたち姉妹のうち一人は、来月から、別居している母親の許《もと》で暮らすことになっている。

どちらが彼女のところへ行くのかは未定だった。これから話し合いで決めるのだ。

二人とも、わたしの扱いに困ることだろう。可愛らしさは、親に大事にしてもらうための子供の商売道具なのに、それがわたしにはない。わたしと穂花なら、父はきっとわたしの方を手放すはずだ。

自分の親にちゃんと挨拶《あいさつ》しないというのも変だと思ったが、結局、わたしと穂花は黙ったまま、そっと二階に上がった。

二階にある部屋は穂花と共用だった。

わたしは自分の机の抽斗《ひきだし》に鍵《かぎ》を差し込み、そこからペンダントを出して首にかけた。生まれたときに祖父からもらったアクセサリーだ。これが帰宅してから必ずやる日課だった。

穂花が生まれたとき祖父はもう他界してしまっていたから、妹はこれを持っていない。このペンダントは、わたしが穂花に対して優越感を覚えられる、数少ない大事なアイテムの一つだった。穂花は「わたしも着けてみたい」と言ってくるが、それを許したことはない。

もっとも今日の妹は、犬と猫が気になるあまり、ペンダントどころではないようだ。

顔は可愛くても性格がズボラなので、穂花の机は相変わらず散らかっていた。妹は机上にあるものを手で隅《すみ》に押しやると、犬と猫の箱を置き、交互に取り出して撫《な》で始めた。

部屋の中には、昨日食べ残したおやつがあった。動物形のビスケットだ。撫でるのに飽きると、妹はビスケットの袋から犬と猫の形をしたものを選び出した。食べずに紙の上に置き、その前で手を合わせている。二匹がわたしのものになりますように、というおまじないのつもりらしい。

「父さんには、わたしから頼んであげようか」

「本当？　お姉ちゃん、ありがとう」

穂花は何も分かってはいない。

わたしは、世話が面倒だからペットは要《い》らないのだ。妹が頼むと父はＯＫするだろう。だが、わたしが頼めば断るはずだ。

父との話し合いが終わったらしく、やがて母が玄関から出ていく気配があった。三和土《たたき》の靴を見て、わたしたちが帰ってきたことに気づいたらしく、母は門を出る前に、後ろを振り返った。

わたしは窓から手を振った。それまで険《けわ》しい顔をしていた母だが、こちらに気づくと、「麻千《まち》」とわたしの名前を口にしながら、手を振り返してくれた。

窓を閉め、茶の間にいる父の前に箱を持っていった。

「お父さん、ちょっと相談してもいい」

「何だ、帰っていたのか」

座椅子《ざいす》に座っていた父が顔を上げる。だが次の瞬間、急に顔をしかめ、「いてて」と呻《うめ》きながら、自分の右足を押さえるようにして背中を丸めた。

その様子から、何が起きたのかは明らかだった。また、こむら返りを起こしたのだ。歳《とし》を取ると足がつりやすくなるらしい。

しばらく痛みに苦しんだあと、父は改めてわたしの方へ顔を向けた。

「もしかして、動物を拾ってきたのか」

こちらが手にしている箱は、中でガサゴソと音がしているから、見当がついたらしい。

「そう」わたしは箱から犬と猫を出した。

「麻千は動物が苦手だったんじゃないのか」

「穂花が飼いたいって言ってるの」

「飼うならどっちか一匹だな」

穂花のズボラな性格からして、二匹もペットを飼ったら、どちらかの世話が疎《おろそ》かになることを、父は見抜いている。「一匹に決めるまでは、両方とも家の中には置けないよ。元の場所に戻してきなさい」

わたしは茶の間を出て、父の返事を妹に伝えた。ドアの外で聞き耳を立てていたのだろう、穂花は父の答えをすでに知っている様子だった。

しばらく唇を尖《とが》らせて黙り込んだあと、穂花は箱を二つ持って出て行った。元の場所に戻してくるつもりだろうか。

「わたしも一緒に行ってあげようか」

「いい。ちょっとそこへ行くだけだから」

穂花が家を出て行った。

玄関から見てみると、妹は箱を家の前の欅の下に置き、すぐに戻ってきた。そして部屋に入り、窓からずっと木の方へ顔を向け始めた。

そうして誰かに拾ってもらうのを待っているうち、夜になってしまった。

3

釜野川の水は思ったより冷たかった。

本流とつながっているが、入り江のようになって流れが停滞している場所を「わんど」というそうだ。そのわんどに潜《もぐ》って魚を見たり、岩のケイソウ類のぬるぬる感を楽しんだりしていると、すっかり体が冷えてしまった。

わたしは穂花と一緒に、いったん川から上がった。岸の大きな岩に腹這《はらば》いになり、太陽の下で甲羅干《こうらぼ》しをし、体を温めながら、思い出したのは昨晩のことだった。穂花は暗くなるまで窓から欅の根本に置いた箱を眺めていた。「早く寝なよ」と声をかけても、なかなかベッドに入ろうとはしなかった。

朝、わたしが起きたとき、穂花は窓際の床で毛布もかけずに寝息を立てていた。揺り起こしてやると、妹は、あっと声を上げてから欅の方に目をやった。犬と猫は、箱ごと姿を消していた。夜のうちに誰かが拾っていったに違いなかった。

犬も猫も飼えなくなり落ち込んでいた穂花だが、父の実家に着くと、もうそんなことは忘れて、元気に水遊びに興《きょう》じている。

体が温まってきた。穂花もまた水に入りたそうな顔をしている。

「下流に行ってもいい？」

川縁でわたしたちを見守ってくれている父に訊いてみると、麦藁《むぎわら》帽子が大きく頷《うなず》いた。

「行こ」

わたしと同じ水玉模様の水着を着た穂花と一緒に、わんどを出て、ゆっくりと流れに乗った。

岸を見て、父がちゃんとついてきてくれていることを確かめてから、わたしは仰向《あおむ》けになって空を見上げた。

川の流れの音、セミの鳴き声、鳥の囀《さえず》り。いろんな自然の音が心地よく、まるで子守歌みたいだった。

やがて、川が大きくカーブしている場所まで来た。去年は、このあたりで、水から上がるように促《うなが》された。

だけど今年はまだ父は何も言わずに、わたしたちのあとをついてくるだけだ。もう二人とも高学年だから、少し遠くまでいっても大丈夫だと判断したようだ。

だんだん流れが速くなってきたのを感じ、不安になって穂花を見やると、妹も、ぐにゃりと歪《ゆが》ませた顔をわたしの方へ向けていた。

「お父さん、そろそろ上がった方がいいよね」

「まだ大丈夫だよ」

そうするうちに、ゴーッと低い唸《うな》り声のようなものが聞こえてきた。滝の音に違いなかった。

「ううん、でも何だか危ないから」

「大丈夫だって。来年は中学生だろ」父は手でメガホンを作った。「父さんが見ているから怖くないぞー」

わたしは父の言葉を無視し、

「上がろうか」

隣を泳ぐ穂花に腕を伸ばした。だが届かない。

わたしは父の方を見た。

滝まであと何メートルあるのだろうか。

——お父さん、怖いよ。

そう目で訴えたが、父が助けに来る気配はない。

流れがどんどん速くなってきた。いよいよ滝の音がはっきりと耳に届くようになった。

ドドドと水の流れ落ちる震動が体に伝わってくるような気がした。

前方に目をやると、川の流れが途切れていた。滝だ。あそこで川の水は三メートルも下に落ちているのだ。

いまの水の流れの速さからすると、わたしと穂花が滝から落ちるまで、あと三十秒もかからないだろう。

助けて、と父に声をかけたが、水が口に入って言葉にならない。

わたしは岸に逃げたい気持ちをぐっと抑えつけて、まずは必死になって穂花の方へ泳いだ。

穂花は完全に固まっていた。怖くて動けなくなっているのだ。

深呼吸をするように言った。立ち泳ぎをしながら、二人で何度か深く息を吸って、吐き出すと、少しだけ気持ちが落ち着いてきた。

「大丈夫だから、帰ろ」

顔が水で濡《ぬ》れていても、穂花の目に涙が浮かんでいるのがはっきりと分かった。

半べその顔で頷く穂花を、後ろから押すようにして、わたしは岸に向かって泳ぎ始めた。

川から上がるよう命じるのが遅すぎたことに、父もやっと気づいたようで、ここでようやく水の中に入ってきた。

父は川下の方へ回り、滝からわたしと穂花を守るようにする。父の体が堰《せき》の役割を果たしたのか、流れが少し緩《ゆる》くなって、わたしはほっとした。

穂花の尻を押してやり、岸に押し上げ、続いてわたしが川縁の石にしがみつくようにして一息ついたときには、すでに滝まで五メートルほどの距離まで迫っていた。

「もうっ。脅《おど》かしすぎだよっ」

わたしは父に対して本気で怒った。だが、返事はなかった。見ると、父の姿自体がわたしの視界から消えていた。

「父さんっ」

わたしの大声に、はぁはぁいいながら背中を上下させていた穂花も顔を上げた。

「父さん、どこにいるの？」

その声に応えたかのように、水面から父が顔をのぞかせた。片手を上げる。

父は、わたしに手を振っているのではなかった。助けを求めているのだ。

そう悟った次の瞬間には、父の姿は滝の向こう側に消えていた。

4

今日は朝から、妙にすがすがしい気分だった。ここ数日間で流せるだけの涙を流したからだろう。

引っ越しの準備がほぼ終わり、わたしは穂花と一緒に母の車に乗った。母はまだ運送業者の人と何やら打ち合わせをしている。出発までもう少し待っていなければならないようだ。

後部座席に並んで座っている穂花は、引っ越しの荷造りでお腹《なか》が空《す》いたのか、先ほどから動物形のビスケットを食べていた。

——足がつって溺死《できし》なんて、まだ若いのに気の毒だわよねえ。

——娘さんたちを楽しませようと、滝にぎりぎりまで近づいたらしいね。

父の葬儀で耳にした参列者たちの囁き声を思い出しながら、わたしはシートの上にティッシュペーパーを一枚広げた。

「ほのちゃん、わたしにもちょうだい」

ティッシュの上に、いくつかビスケットを出してもらった。

そこからわたしは犬と猫を選んだ。それを食べずにティッシュに包むと、「一緒に来て」と穂花に声をかけ、わたしは車から降りた。

家の前にある欅の木のそばまで行き、二つのビスケットを欅の根っこのあたりに置いた。

「この前、商店街で拾ってきた犬と猫を、ほのちゃんはここにこうして置いたよね。そして窓からずっと見ていたでしょう」

「うん」

欅の木にとまっていたカラスが降りてきて、犬のビスケットをついばんだ。

「あれ、何してたの」

「……犬にするか猫にするか、選ぼうと思って」

いったん木の枝に戻っていったカラスが、もう一度降りてきて、今度は猫を銜《くわ》えていった。

「選ぶんだったら、わざわざ木の下まで持っていくことないんじゃないの」

「ううん。ここに置かないと決められなかった」

そうなのだ。つまり穂花は自分を追い込んだわけだ。ぐずぐずと迷っていたらカラスに襲われてしまうという状況に犬と猫を置き、自分がまずどっちを助けに行くかを知ろうとしたのだ。

父も穂花と同じことをしたのではないかと思う。ただし動物ではなく人間——娘たちで。

わたしと穂花のどちらかと別居しなければならない。そのとき、自分は長女と次女のうち、どちらを選ぶだろう。父はそれが知りたかった。そこで、滝が近づいてきたとき、二人のうちどちらを先に助けたいと思うか、密《ひそ》かに自分を試してみた。

しかし、結局は選べなかった。長女も次女も、自分にとってはわずかの差もなく等しく大事だった。だからうっかり、ぎりぎりまで滝に近づいてしまった——。そういうことではなかったのか。

「ほのちゃん、後ろを向いてみて」

くるりと背中を向けた穂花に、わたしは自分の首から外した祖父のペンダントを、そっとかけてやった。

ある冬のジョーク

1

師走《しわす》初日となったこの日も、刑事部屋は寒かった。ヒーターの調子がおかしいようだ。薄汚れた壁には、「省エネ励行」と署長直筆で大書された紙がこれ見よがしに貼ってあるから、誰も「直してくれ」とは言い出せないでいる。

もっとも、いまのおれの身にしてみれば、室温などどうでもいいことだ。今日は夜に大仕事を控《ひか》えているので、朝から緊張のしっ放しだった。普段から豪胆な性格だと自負しているおれでも、さすがに不安で、頻繁《ひんぱん》に胃が痛んでならない。

「あるとき、一人の少年が交番に駆け込んできた」

何の前触れもなく、隣の席に座っている先輩刑事の南谷が言った。

「『お巡りさん、早く来て。ぼくの父さんが悪い人に殴《なぐ》られてるの！』」

「で、それからどうなるんです？」

おれは書類にボールペンを走らせながら、合いの手を入れてやった。

このところ、新しい事件は起きていない。今日一日の仕事は逮捕勾留《こうりゅう》している被疑者の取り調べと、その報告書を作ることだけだった。

「続きはこうだ。——交番にいた巡査は現場に行ってみた。すると少年の言うとおり、二人の男がつかみ合いの喧嘩《けんか》をしているところだった。警官は少年の方を振り返って訊《き》いた。『ところできみのお父さんはどっちなの？』」

おれはボールペンを置いて南谷の方へ体を向けた。

「少年は答えた。『どっちと訊かれても、ぼくにも分からないんです。そのことであの人たちは、殴り合いをはじめたんですから』」

おれは声を上げて笑った。先輩におもねったのではない。本当にいまのジョークが可笑《おか》しかったからだ。

「いやあ、南谷係長が羨《うらや》ましいですね」おれは指の腹で涙を拭《ぬぐ》った。「わたしも係長みたいにヒネリの利《き》いた小噺《こばなし》をぱっと言えたらな、と思いますよ」

笑いは人の口を軽くする。聞き込みや取り調べという仕事をする者にとって、ジョークは馬鹿にできない商売道具だ。

「なに、おれだって、本に載《の》っていたやつを丸暗記しているだけさ。聞き手がおまえみたいな笑い上戸《じょうご》だと、実に安心して披露《ひろう》できるから助かるよ」

笑い上戸か。言われてみればそのとおりだ。胃が痛むほどの不安を抱えているのに、こんな小噺一つで笑えてしまうのだから、おれは得な性格の持ち主と言えるだろう。

「ジョークをたくさん覚えようと思ったきっかけは、何かあるんですか」

今年の春、五年務めた盗犯係から、花形部署である強行犯係に晴れて抜擢《ばってき》されたばかりだ。まだ半年程度の付き合いだから、南谷について知っていることは多くない。

「実は最近、おれの親父《おやじ》が自宅で転んだんだ。もう八十を超えているから足腰が弱くてな。そしてここを地面に打っちまった」

南谷は頭の右側を指さした。

「それ以来、妙にふさぎ込むようになったから、面白い冗談で笑わせてやろうと思ったわけだ」

「さすがに親孝行ですね」

「いや、ところがだ、どんなに面白いジョークを言っても、クスリともしやがらないんだ、まったく。うらの親父も、角垣《かどがき》、おまえぐらい簡単に笑ってくれたら助かるんだが」

南谷と長年コンビを組んでいた北山は、一足先に管理職に昇進した。現場を離れた北山に代わって、今年の春から相棒になったのが、まだ三十前のおれだった。強行犯の仕事についてはまだまだ知らないことばかりだが、書類の仕事は案外得意だ。

「はい、書きあがりました。チェックしていただけますか」

取り調べの報告書を南谷に渡すと同時に、刑事部屋の古びた柱時計が午後八時を告げた。

「ご苦労。じゃあ、おまえはもう帰れ」

おれは立ち上がり、椅子《いす》の背にかけておいた背広の袖に腕を通した。

「本当に明日から五日も休暇をもらっていいんですね」

「ああ。課長が許可したんだ。遠慮なく休め」

刑事にも冬休みがある。おれは、「十二月二日から五日間の予定で、一人で北海道へスキーに行きたい」という希望を、三か月も前から出しておいた。それが無事に認められたのだった。

「北海道には、今晩のうちに出発するんだろう？」

「そうです」嘘《うそ》をついてからおれは続けた。「どんな事件が起きても電話はしないから、ゆっくり羽を伸ばしてこい——係長は前にそうおっしゃいましたね。失礼ですが、その言葉はちゃんと守っていただけますか」

「もちろんだ。刑事に二言はない」

「それを聞いて安心しました。では、今晩宿直の係長には申し訳ないのですが、六日後にまた出てきますので、今日のところはお先に失礼します」

一礼して、おれは机の上にある電話機に目をやった。県警の通信指令課から事件発生の第一報が入れば、パネルの一番上にある大きな赤いランプが点滅するようになっている。

今晩、間もなく、これが光るはずだ。

2

署を出ると、近所のコインパーキングに行った。そこに停《と》めておいた紺《こん》色の国産セダンに乗り込み、寂《さび》れた繁華街《はんかがい》へ向かう。

『ガトー』という名前の洒落《しゃれ》た感じの質屋の前で車を停めた。ここが、おれが目をつけた店だった。

エンジンをかけたままにし、サイドウインドウを通して、じっと店内の様子を窺《うかが》ってみる。店の出入口に設《もう》けられた手動ドアは一面ガラス張りだから、外からでも中の様子がよく分かった。

午後九時。閉店の時間になり、四十がらみの男性店員がカウンターから出て、入口ドアの方へ歩み寄ってきた。

おれはグローブボックスを開け、そこから拳銃を取り出した。密造銃でもモデルガンでもない。海外から流れてきた本物の三十二口径だ。刑事という仕事をしていると、いやでも暴力団員と知り合いになるから、こういうものがぽろりと手に入ったりする。

店員が「閉店」のプレートをドアにぶら下げた、そのタイミングで、おれは車から降りた。強盗は閉店間際《まぎわ》にやってくるものだ。カウンターの周辺に現金が一番たくさん置いててあるのが、その時間帯だ。

店入口までのわずか数歩の間にすっぽりとスキーマスクを被《かぶ》り、ドアに体当たりを食らわせるようにして店内に押し入るや、ぽかんと口を開けている店員に拳銃を突き付け、空いている手の人差し指を口の前に立てた。

何か言葉を発しようとしていた店員は、必死の様子で何度も頷《うなず》き、必要以上にぐっと口を閉じてみせた。

おれは彼に灰色のダクトテープを一つ放り投げてやった。「それを千切《ちぎ》って、自分の目に貼れ」と仕草で示す。

こっちの指示に従った店員に近寄り、彼の手足もぐるぐる巻きにしてその場に座らせてから、おれはくるりと体の向きをかえた。

目指す金庫はカウンターの真下にあった。番号はもちろん頭に入っている。数字ボタンを押し、電子ロックを開錠して扉を開けた。

ブランド品の腕時計を三十個ばかり頂戴《ちょうだい》する計画だったが、嬉《うれ》しいことに札束もいくつか入っていた。全部まとめてスポーツバッグに放り込む。

ブランド品といえば、精巧にできた偽物も多いが、その点、質屋のスタッフは鑑定のプロだ。質草として引き取るのは、確かな目で吟味《ぎんみ》された本物だけだ。

ついでにレジも開ける。究極の防犯対策は、レジに一万円札を置かないというものだが、幸運にもこの店は、その点がけっこうたるんでいた。

最後に店内の防犯カメラのデータを録画用の装置から抜き取り、駆け足で外に出た。

覆面はまだ脱がずに、エンジンをかけたままの車に素早く戻り、アクセルを踏み込んだ。

「ふうっ」

大袈裟《おおげさ》に安堵《あんど》の溜《た》め息《いき》をついたあと、自分でも意味の分からない奇声を何度か発した。

盗んだ品物の価値は、合計で二千万円をくだらないだろう。闇ルートで買い叩《たた》かれても千三百万にはなる。ギャンブルで作った借金も、これできれいに返せると思うと、ほっとするあまりついつい常識人としてのリミッターが外れてしまう。

二番目の車——もちろんこれも盗んだ車だ——は郊外に隠してあった。その場所を目指して、冬の道をひた走った。

と、急にがくんと車体が揺れた。

道が凍っていたようだ。ハンドル操作を誤り、電柱が目の前に迫ってきた。衝突。頭部に強い衝撃があった。

気が遠くなりかけたが、こんなところで失神したら捕《つか》まってしまう。ぐるぐると回転する視界の中で、おれは這《は》うようにして車から脱出した。

頭の右側が痛くてならない。見ると、運転席側のサイドウインドウに内側からひびが入っている。

電柱のほかは田圃《たんぼ》しかない場所だった。幸い、目撃者はいないようだ。

ふらつきながらも、おれはとにかくバッグを担《かつ》いで車から離れることにした。

いまごろ、あの店員は自力で通報装置を押しているかもしれない。宿直にあたる南谷の姿と、彼の前で赤く光る電話のランプが、はっきりと目に浮かんだ。

強盗事件は、犯人が「強行犯」であり、刃物や銃器を使用する可能性が高いことから、盗犯係ではなく強行犯係の担当となる。

老いた父親の世話が大変なときだが、南谷はしばらく家に帰れないだろう。

「係長、すみませんね」

そっと呟《つぶや》いて、おれは冷たい夜道を、次の車が隠してある場所まで急いだ。

3

十二月七日、おれは休みを終えて出勤した。

万が一、裏を取られたりしてはまずい。だから痛む頭を抱え、北海道のスキー場には、二日の一番早い飛行機で、実際に足を運んだ。いくらか雪焼けしてきたから、怪しまれることはないだろう。

刑事部屋に顔を出し、掃除をしてから先輩たちに茶を淹《い》れる準備をしていると、南谷が部屋の出入口に姿を見せた。

「角垣、おまえがスキーに行っている間に、一つヤマが発生したぞ。『ガトー』って質屋に押し込みが入った」

「ええ、知っています。北海道にいる間、新聞で読みました。小さい扱いでしたけれど、全国紙に載っていましたので」

「そうか。悪いが、ちょっと一緒に来てくれるか？」

「お茶はどうします」

「そんなものはあとでいい」

くるりと背を向けて歩き始めた南谷の背中を、おれは追いかけた。どうやら外へ出ていくつもりのようだ。

「押し込みのホシは、市の外れで車を乗り捨てた。スリップして事故ったようだ。案の定、盗難車だった。その車が、いま、この署に保管してある」

建物から出た南谷は、裏手にある車庫の方へ足を向けた。

「被害に遭《あ》った質屋のある場所には、街頭防犯カメラは設置されていなかった。店内カメラのデータも盗まれたため、映像の証拠はない。頼みの綱は、犯人が乗り捨てていった車だけだ。もう鑑識が一通り調べたが、おまえも一度見ておくといいだろう。盗犯係は長くても、強行犯係では新米だ。車を調べるときの注意点をこれから教えておこう」

「それはありがたいお言葉です。ぜひお願いします」

車庫の前まで来ると、南谷はリモコンを使って電動シャッターを開けた。

おれが盗んで逃走に使った紺色のセダンがそこにあった。右のヘッドライトが完全に潰《つぶ》れている。

「車を盗まれた人も気の毒ですよね」

おれ自身、持ち主がどんな人間なのか分かっていない。路上駐車してあった車を、イモビカッターの力を借りて頂戴してきただけだ。

「たしかに。そうそう、車の盗難といえば、こんな話がある。──慌てものの女性から警察に電話があった。『盗まれたと思った車が車庫の中にありましたわ』。すると電話口で警官が、泣きそうな声になって言った。『奥さん、困りますな。もう遅いんですよ。車ドロならとっくに捕まえてブタ箱に入れてあるんですから』。──さて、車を調べるときの注意点を教えておこうか」

盗難車には犯人の毛髪や指紋が残されていることがよくある。というのも、犯人は犯行後、逃走に成功すると計画がうまくいったと判断し、油断してしまうことが非常に多いからだ。それから、変装用のマスクやヘルメットなどを外す際に、毛髪や体毛が落ちて残される場合もある。また、不用意にハンドルやドア、シートなどに触れて指紋を残すケースも多い……。

南谷の言葉に、いちいち神妙に頷き、おれは六日前の記憶を探りながら車の中を観察していった。

安心していい。指紋もその他の遺留品も、いっさい残してはこなかったはずだ。

車の内部を一通り見終えると、南谷は腕を組んだ。

「しかし困ったことになった。犯人は全然証拠を残していないんだ」

先輩刑事の言葉に、おれは完全犯罪の成功を確信した。

「おれの勘じゃあ、こいつは迷宮入りだな。ホシは犯罪のプロだ」

「そんな。係長なら解決できますって」プロと評されたことが妙に嬉しく、おれの声は勝手に弾《はず》んだ。「そんなに落ち込まないでください。生意気を言うようですが、デカという仕事は弱腰だと務まりませんよ」

そうだな、と小さく笑って南谷は腕をほどいた。

「弱腰のデカといえば、こんな話もあるぞ。――ある晩、刑事がカミさんと映画を見に行った。帰り道でカミさんがぼやいた。『今日は帰りが遅くなると分かっていたのに、どうして拳銃を持ってこなかったのよ。危ないじゃないの』。刑事は言った。『だって夜の帰り道は物騒《ぶっそう》だから、そのピストルを盗《と》られちゃうかもしれないじゃないか』。――まあ、おれたちはここまで酷《ひど》くないよな」

「ええ、そうですよ。強気で捜査しましょう。犯人が見つからなかったら、質店さんが気の毒です。連中には海千山千の金貸しが多く、わたしはあんまり好きな人種ではないんですが」

「金貸しね。そういえば、こんな話は知っているか。——ある金貸しの男が警察に訴えた。『詐欺師の野郎が、あっしの代理人だと称して、一千万円もの金をあちこちで騙《だま》し取ったんです。何とかやつを見つけて捕まえてください』。担当の警部は、胸を叩いて請《う》け合った。『任《まか》せなさい。すぐに捕まえて牢屋《ろうや》にぶち込んでやろうじゃないか』。それを聞いた金貸しの男は慌てて手を振った。『滅相《めっそう》もない。そんなことをされては困ります。あっしは凄腕《すごうで》のそいつを集金人に雇うつもりなんですから』——ところで角垣、犯人は、もしかしたら、警察官かもしれんぞ」

「……まさか」

「しかも、刑事かもな」

「どうしてそう思うんです？」

「質屋の内部事情に詳しいからだよ。金庫の番号と監視カメラの録画装置がどこにあるのかを完全に把握していた。刑事はみんなドロ刑——盗犯係からキャリアをスタートさせるだろう。盗品の捜査となれば質屋には必ず足を運ぶよな」

「……そうですね」

「もちろん、そいつはそれ相応の動機を持っていることだろう。例えば、株やらギャンブルやらにのめり込んで、多額の借金がある、とかな」

顔からすっと血の気が引いていくのを感じた。それを誤魔化《ごまか》すため自分の頰《ほお》に手を当てながら、おれはゆっくりと首を縦に動かし、いまの言葉に同意してみせた。

「もし本当にホシが刑事なら、どこか別の署のやつだと助かる。おれたちの中に犯人がいたら嫌だな」

「たしかに、そうなるとやっかいですね」

心配するな。何度も繰《く》り返すが、証拠はいっさい残しちゃいないんだ——自分に言い聞かせて、おれは腕時計に目をやった。もう他の先輩たちが刑事部屋へ来るころだ。

「さて、そろそろ引き揚げますか」

返事はなかった。南谷の方へ顔を向けると、彼は車の横に立ち、運転席を覗《のぞ》き込むようにしていた。

「まだ何か気になる点でもありましたか」

「ああ。犯人の特徴が、もう一つあった。——この前、うちの親父の話をしたよな。転んでここを打った、と」

南谷は、自分の右側頭部を指さしてから、その指を、運転席のサイドウインドウに向けた。内側から丸くついたひびがおれの目に飛び込んできた。

「このとおり、犯人も同じところをぶつけている」

「……ガラスの壊れ方からすると、そのようですね」

「おれがジョークをいくら言っても、うちの親父は一度も笑ったことはない。――そうも教えたよな」

「ええ。聞きました」

「なぜだと思う」

「さあ」

「脳の右側にダメージを受けたからだよ。右脳を損傷すると、人間はジョークの面白さが理解できなくなる。そういう場合があることが、研究で明らかになっている」

南谷の冷たい視線がじっとおれを睨《にら》んでいた。

「そういえば角垣、おまえは普段、笑い上戸のはずだが」南谷は一歩近づいてきた。「どうして今日は、おれのジョークにまったく笑ってくれないんだ」

ジョーク？　何のことだ。この先輩刑事は、いつそんなものを口にした……。

そう考えて、はっと思い当たった。

慌てものの女性が警察に電話しただの、刑事がカミさんと映画に行っただの、金貸しが詐欺師に金を持ち逃げされただの、先ほどからわけの分からない話をごちゃごちゃ口にしていたが、あれは「ジョーク」だったのか――。

「角垣。おまえは一度、医者に頭蓋骨《ずがいこつ》の中を診てもらった方がいいらしいな。特に右側を。だが、その前にもう少し訊きたいことがある」

南谷はまた一歩詰《つ》め寄ってきた。おれは同じ距離だけ後退した。

振り返って、びくっとした。気がつくと、刑事課の先輩たちが何人か、車庫の出入口を塞《ふさ》ぐ恰好《かっこう》で立っていたからだ。

どうやら、車を調べるというのはただのカモフラージュで、南谷がおれをここに誘い出した本当の目的は、こちらにジョークを聞かせて反応を見ることにあったらしい。

そう気づいたところで、逃げ場はもうどこにもない。観念するしかないようだ。

「そうそう」南谷がおれの肩をぽんと叩いた。「こんな話もある。――ある強盗が、刑事たちに追跡されて高いビルの屋上に追い詰められ、逃げ回っているうちにうっかり足を踏み外した。屋上から落下しながら彼は喚《わめ》き続けた。『おい、捕まえてくれ。おれは強盗だぞ』」

これもおそらくジョークなのだろう。

頭のどこかで、少《つ》しは可笑しいと思ったらしく、このときだけは、おれは、自分の口元がちょっとだけ吊り上がったのを感じた。

嫉妬《しっと》のストラテジー

1

担当している患者の看護記録をすべて書き終え、わたしはやっと今日一日の勤務を終えた。

「お疲れさまでした。お先に失礼します」

同僚たちに挨拶《あいさつ》してから、ナースステーションを出た。外科フロアである四階では、手《て》摺《すり》に掴《つか》まりながら歩く患者が多い。彼らにぶつからないよう、廊下の中央部を通って足早に更衣室へと急ぐ。

さっと着替えを済ませたあとは、階段を使って一階まで駆け下りた。

病院職員の通用口から出たところは、ちょっとした広場になっていて、小さな東屋《あずまや》も設《もう》けてある。その木製ベンチに腰掛け、スマホを取り出した。電話帳から呼び出したのは、内浦征寿《うちうらまさとし》の携帯番号だった。

「いまどこ？」

《まだ会社だよ》征寿の声は沈んでいた。《いまも仕事中》

「どうかな、今日逢《あ》えそう？」

もし仕事が定時に終わるようだったら、タイ料理の店で食事をしてから夜景を見に行こう。そんな約束を彼と交わしていた。

《ごめん。どう考えても無理》

征寿は、H県民新聞社に勤務する記者だ。ここ二年間は東京支社にいたので会えなかったが、今年に入ってからやっと地元に帰ってきてくれた。東京支社にいるときは、国立T大病院が組織ぐるみで隠蔽《いんぺい》していた医療過誤をスクープする、という手柄も立てている。院内である患者が死亡したのだが、その原因が医師の投薬ミスだと判明した事件だった。

《仕事が山積みなんだ。ごめん。もう切るね》

「あ、そう」

むっとしてこちらの方から先に通話終了のアイコンをタップしたとき、いまわたしが出てきた職員用の通用口に、見覚えのある姿が見えた。

「やっほー」

口を両手で囲うようにして声をかけてやると、三反園《みたぞの》誠《まこと》はこちらへ顔を向けた。片手を軽く上げてから、わたしの方へ歩み寄ってくる。

「三反園さんも、いま帰るところ？」

「そう」返事をしながら三反園は欠伸《あくび》を嚙《か》み殺した。

「だいぶお疲れみたいね」

「まあ、三十時間ぐらい眠ってないけど、いつものことだから。どうってことないよ」

その言葉は嘘《うそ》ではないらしい。三反園の背筋はぴんと伸びていて、まだ体にエネルギーが残っている様子だ。

「体力に自信がなければ外科医なんて務まらないさ」

「じゃあ、いまからちょっと付き合ってもらえないかな。駅前大通りにある喫茶店まで」

三反園とは歳《とし》が同じで、学生時代からの友人同士でもある。わたしが看護系大学にいたとき、近隣の医大に通っていた彼と、登山サークルのイベントで知り合った。

「何か特別な話でもあるの？」

「ううん、ちょっとお茶を飲みたいだけ」

普通、医者と看護師という関係では、たとえ年齢が同じでも看護師の方がつい敬語を使ってしまうものだ。しかし、わたしと三反園の場合は例外だった。

「なるほど。彼氏にフラれたわけか」

どちらかといえば鈍感な三反園だが、妙に勘が働くときもあるから油断がならない。

「ＯＫ。眠たいけど、ほかならぬ敦子《あつこ》ちゃんのためだ。一時間だけおれが彼氏になってやろうじゃないか」

一緒に駅前の大通りの方へ歩き始めた。

三反園は、こちらの半歩前か後ろを歩いた。真横に位置することは注意深く避けている。わたしに恋人がいることを知っているから、遠慮しているのだ。

その喫茶店は、駅前大通り沿いに建つ古びた雑居ビルの一階にあった。『カントリー』という名前の昔からある店で、店名が示すとおりカントリーミュージックばかりを流している。

いつ来ても客の少ない店だ。今日もがらがらだった。壁際の席に三反園を誘い、テーブルを挟《はさ》んで向かい合って座った。広いガラス窓が通りに面していて、往来を歩く人たちの姿がよく見える。

三反園はアイスコーヒーをオーダーした。わたしは紅茶を頼んでから、彼の方へ身を乗り出した。

「一つ訊《き》いていいかな。三反園さんて、どうして前の病院を辞めちゃったの？」

三反園も、征寿と同じように、去年までは東京にいた。国立T大病院に勤務していたのだ。そのまま残っていたら、いまの市立病院なんかより、給料も待遇も格段によかっただろうに、なぜか急にそこを退職し、ぶらりと地元に帰ってきた。久しぶりに顔を合わせたとき、彼は、わたしの記憶にある面影よりだいぶ痩《や》せていたから、びっくりしたものだ。

「もちろん、敦ちゃんに会いたくなったからさ」

「真面目《まじめ》に答えてよ」

アイスコーヒーと紅茶が運ばれてきた。

「つまりその、いづらくなっちゃったんだよな。いろいろあってさ」

三反園は、シロップもミルクも使わず、アイスコーヒーをストローで啜《すす》ってから、苦そうな顔で窓際に置かれた観葉植物に目をやった。

東京時代については、あまり訊かれたくない様子だ。たしかに、医療過誤が明るみに出れば、病院内に激震が走る。彼は何らかの形で、そのとばっちりを受けてしまったのだろう。

それ以上の追及はやめ、わたしも窓の外に顔を向け、斜め上を見上げた。

道路を一本挟んだ向かい側に、十階建ての真新しいビルが建っている。H県民新聞社の社屋だ。その二階、征寿が普段勤務しているフロアを、わたしは見つめた。

上手《うま》い具合に、いま彼は窓際に設けられた打ち合わせ用のテーブルについていた。いつものように携帯電話を青いストラップで首にぶらさげていることも、はっきりと分かった。

「ごめん、ちょっと一件だけメールするね」

三反園に断ってからスマホの画面に向かった。

【いま向かいの喫茶店に来てる】

それだけの文面を急いで打ち込み、征寿の携帯に送信する。

征寿は、首から下げた携帯を手にし、画面を一瞥《いちべつ》してから、こちらへ顔を向けてきた。

窓際に置かれた観葉植物の鉢は、外から見れば、ちょうど三反園の顔を隠す衝立《ついたて》の役割を果たしている。征寿の目からは、わたしが男と一緒にいることは分かっても、その男の顔が見えない。よけいにやきもきすることだろう。

紅茶の残りを飲んでから、ふたたび新聞社の二階に目をやると、いつの間にか、征寿の姿は見えなくなっていた。

三反園がアイスコーヒーのグラスを空にし、わたしも紅茶を飲み終えた。

「まだ一時間経《た》ってないけど、そろそろ帰りましょう。付き合ってくれてありがとう。ここはもちろんわたしが払うから、先に出てくれていいよ」

そう言って、椅子《いす》から立ち上がろうとしたときだった。

窓の外、視界の端《はし》を何かが上から下へと過《よぎ》っていった。

同時に、往来でざわめきが湧《わ》き起こった。そのなかには女性の悲鳴も交じっていた。

「救急車っ」と声を張り上げる男性の声も耳に届いた。

ガラス越しに外を見やると、新聞社ビル前の歩道に、人が一人、俯《うつぶ》せになって倒れていた。若い男だ。ビルから落ちたのだと分かった。

男のすぐそばには、携帯電話が転がっていた。それは彼の首と繫《つな》がっていた。青いストラップで――。

2

午後九時を回った。消灯まであと三十分ほど時間があるが、もう眠ってしまった患者も多いらしく、いつもよりナースコールの回数は少ない。

征寿がこの市立病院に搬送されてから、今日でもう十日になる。わたしのショックも少しは癒《い》え始めていた。

新聞社ビルの五階から飛び降りた彼は、当初、十か所近く骨折して意識がない状態だったが、奇跡的に命に別状はなかった。

征寿の治療には、三反園が当たることになった。

わたしは征寿との関係を包み隠さず師長に伝えた。結果、近親者だと私情が入るという理由で、彼の担当を外された。征寿の看護を受け持つことになったのは、ベテランの先輩だった。わたしが彼を担当できるのは、その先輩が他用で一時的にフロアからいなくなったときだけだ。

「お疲れ」

白衣姿の三反園がナースステーションに入ってきた。いままで仮眠を取っていたようだ。どんな寝相だったのか、耳の後ろで髪の毛がちょっと跳《は》ね上がっている。

「あるかな、内浦さんの記録。あったら見せてくれ」

わたしが差し出した書類に、三反園は目を落とした。その顔つきは厳しい。現在、征寿は、骨折のせいで感染症を起こしていて、退院できるまでにはまだ時間がかかりそうだった。

――東京支社から戻ってきたら、デスクの人が替わっていたんです。その上司がとても厳しいらしく、ちょっとでも取材が足りないと怒鳴《どな》り散らすのだそうです。最近は特に業務量が増し、パワハラも相変わらずで、息子はノイローゼになっていました。

征寿が自殺を図った原因については、そのように彼の母親から聞かされた。

さらに彼女が語ったところによると、征寿は、市販薬を大量に服用するなどの方法で、以前から何度か自殺未遂を繰《く》り返していた、とのことだった。

そうした事情にまったく気づかないまま、恋人面《づら》をしていい気になっていた自分が、本当に恥ずかしい。

「ここ数日、ずっと考えていることがある」

ふいに三反園がそんな言葉を口にしたので、わたしはそれまで取り組んでいた書類仕事の手を休めた。

「どんなこと?」

「自殺願望を消し去る方法」

「へえ。わたしも知りたい。よかったら教えて」

「殺し屋を雇うんだ」

「……そりゃあまあ、誰かに殺されたら、自殺なんてしたくてもできなくなるわね」

「いや、違うんだ。おれが言っているのはそういう意味じゃない」

三反園は、寝癖で跳ね上がった髪を手の平で撫《な》でつけた。

「どう説明すればいいかな。――つまり、『嫉妬《しっと》のストラテジー』を応用する、ってことなんだよ」

「嫉妬のスト……？　何なの、それ。ますます話が分からなくなっちゃったじゃないの。変な言葉を使わないで、もっと易《やさ》しく説明してよ」

「じゃあその前に、こっちから一つ質問させてもらう。十日前を覚えているか。あのとき敦ちゃんは、どうしておれを、あの『カントリー』って店に誘った？」

「それは……」

「言いづらいなら、代わりに答えてあげよう。このところ恋人の征寿が妙につれない。いくらデートに誘っても、出てきてくれない。もしかしてわたしに飽きたんじゃないのかな。心配だ。よし、ここは一つ、ほかの男の存在を匂わせ、征寿に焼き餅《もち》を焼かせてやろう。――とまあ、こんな具合だったんだろ？」

まったくの図星だった。

馬鹿なことをしたと思う。征寿が発作的に自殺を図った理由は、仕事の多さとパワハラだけではないのだろう。きっと、わたしがほかの男と一緒にいるところを見て心が乱れたことも、要因の一つだったのではないか。

「そういう行為を、心理学の用語で『嫉妬のストラテジー』というんだよ。たしかに、自分の彼女をほかの男に取られるとなったら、急に惜《お》しくなって大事にするよな。――おれが考えたのは、この戦略を応用すれば、自殺願望を消せるんじゃないか、ということさ」

「医学だけじゃなく心理学も医者の商売道具ってわけね。なるほど」

そう応じて形だけは頷《うなず》いてみせたものの、正直なところ、三反園が何を言おうとしているのかまだピンとこなかったので、わたしは目で話の続きを促《うなが》した。だが、

「じゃ、内浦さんの様子を見てくるとするか」

そう言って彼は、椅子から腰を浮かせてしまった。

「そうだ。そろそろ点滴袋を取り換える時間だよな。おれがやっておく」

三反園が手を差し出してきたので、わたしはテイコプラニンの入ったバッグを渡してやった。征寿の感染症を抑えるために使っている抗生剤だ。

わたしの院内ＰＨＳが鳴ったのは、三反園が出ていってからほどなくしてのことだった。

「どうしたの」

モニター画面に出た表示で、三反園からだと分かったから、ため口で応答する。
《内浦さんに点滴するテイコプラニンだけど、一回二千ミリグラムでいいんだよな》
「ちょっとちょっと。十倍も投与してどうするのよ、藪医者《やぶいしゃ》くん」
そう返事をしたわたしの声は冷めていた。三反園の口調から、彼が冗談で言っているのだと分かったからだ。正しい投薬量は二百ミリグラムだと知っていて、わざと二千だろうとわたしに訊いているのだ。まったく悪い冗談だ。医療現場での無駄なおふざけは、取り返しのつかない事故に繋がるおそれがある。
《あ、そうか。二百でいいのか。了解》
「そんなボケはぜんぜん笑えないよ。もういい加減にしてもらえない?」
三反園は以前にも、自分で鎮痛剤や睡眠導入剤を注射すると言っては、征寿の病室まで出向いていき、投薬量をPHSでナースステーションに確認してきたのだが、その際、決まって誤った数値を口にしていた。
《そう怒るなよ。こっちだって、こうしてちゃんと確認しているじゃないか。――すみませんねえ、うっかり薬の量を間違えるところでした》
後ろの方は病床の征寿に言ったようだ。
征寿は意識が戻り、耳も聞こえるが、まだ口がうまく回らず会話ができない状態だから、通話に彼の反応が入り込むことはなかった。

3

窓を開けると、気持ちのよいそよ風が室内に流れ込んできた。

部屋からの眺めはなかなか素敵だった。山が近いので、濃淡鮮《あざ》やかな春の緑が目に飛び込んでくる。

単身者用マンションの三階。征寿の部屋を訪れたのは、これが五回目だが、いままではいずれも夜だったから、昼間の景色を目にするのはこれが初めてだ。

何か食べ物を作ろうか。そう訊いたところ、退院したばかりの征寿は、食欲があまりないと言う。そこでジューサーを使い、果物と野菜のスムージーを作ってやることにした。

それにしても散らかった部屋だ。スムージーのグラスに口をつけた征寿の背後では、本棚に横積みにされた書類の山が崩《くず》れ、紙が何枚も床に散らばり、その上に灰色の綿埃《わたぼこり》がいくつか載っている。

「征寿さん、これから散歩に行くんでしょ」

「うん」

征寿は三反園から、天気のいい日の午後は少し日光浴をするように、と念を押されている。

三週間の入院を経て、腕を吊《つ》っていた三角巾は昨日で取れた。だが、歩行にはまだ松葉杖《づえ》が必要だった。彼が新聞社の仕事に復帰するのは、もう少し先になるだろう。

「じゃあ、あなたが外に行っているあいだ、わたしは部屋の掃除をしておくね」

「いいよ、別にそんなことしなくたって」

少し照れくさそうに応じ、征寿はスムージーをずずっと音を立てて啜った。

「いいからやらせてよ。こんな埃っぽい部屋にいたら、また入院する羽目《はめ》になっちゃうから」

「……分かった。じゃあお願いしようかな」

スムージーをまだ少しグラスに残した状態で、征寿は、スウェットパンツのポケットから、何やら小さなものを取り出した。半透明の包み紙だ。

その中身は白い粉末だった。

彼はかつて市販薬を大量に服用したことがある——そんな話を思い出し、わたしははっと彼の右手首を押さえた。

「心配しなくていいよ」落ち着いた口調だった。「ぼくはもう自殺なんかしない。約束する」

わたしは征寿の瞳を覗《のぞ》き込んだ。

彼は視線をそらさなかった。それどころか逆にこちらをじっと見返してくる。

わたしは征寿の手首から自分の手を離した。いまの言葉は嘘ではない、と直感できたからだ。

征寿が包み紙を裏返すと、そこには中身が胃薬であることを示す文字が書いてあった。

松葉杖を頼りに征寿が散歩に出ていったあと、わたしは部屋の整理整頓に取り掛かった。

リビングの本棚を整理しているとき、下段隅《すみ》の一番目立たない位置に、一個の書類ケースが置いてあることに気づいた。鍵《かぎ》こそついていないが、大事なものが入った箱であることは、なんとなく分かった。

悪いと思いながら無断で開けてみると、中身は数冊の大学ノートだった。どれにも征寿の字が鉛筆で書いてある。仕事で作った取材ノートに違いない。

パラパラと捲《めく》っていき、半分を過ぎたあたりで手を止めたのは、【薬】という字を目にしたような気がしたからだった。

仕事柄、その文字が気になり、何と書いてあったのか確かめるため、数ページ分前に戻ることにした。そうしながら、いま見た記述は、かつて征寿がスクープしたという国立T大病院での医療過誤事件についてのメモに違いない、と見当をつけた。

【投薬ミスをした医者の氏名：】

先ほど目にした文字は、正確にはそうだった。問題はそのあとに続く部分だ。それは走り書きだったが、間違いなく【三反園誠】と読めた。

医療過誤を起こした医者は三反園だった。彼は前にいた病院で人を死なせていた。そして、それを征寿は知っていた――。

《点滴は一回二千ミリグラムでいいんだよな》

あの悪ふざけを、わたしは軽く受け流した。だが、そばで聞いていた征寿にとっては、決して笑いごとではなかったはずだ。何しろ過去に重大な過失を犯している医者だ。自分もこの外科医に殺されるかもしれない。そう本気で心配したことだろう。

それが三反園の狙《ねら》いだったのではないか。彼は、敢《あ》えて征寿を不安にさせたのだ。自殺願望を消してやるために。

いつかの夜、ナースステーションで三反園が言わんとしたことが、いまやっと理解できたような気がした。

要するに、自分の命を誰かに取られるとなったら、急に惜しくなってそれを大事にするはず、というわけだ。たしかに『嫉妬のストラテジー』と同様の理屈と言える。

わたしはノートをそっと閉じながら、「藪医者くん」に変わる呼称を考え始めた。

狩人《かりうど》の日曜日

1

頭が痛くてしかたがない。今朝、起きたときからそうだった。喉《のど》もヒリヒリしている。どうやら風邪をひいてしまったようだ。

それでも、いつもの習慣で、ぼくはガウンを纏《まと》い、マンション十階のベランダに出た。

眼下に楓《かえで》町三丁目交差点が見える。まだ早い時間帯だから、道行く人の姿も少なめだ。そして車は一台も見当たらない。今日は第三日曜日。この交差点にとっては、歩行者天国が実施される日に当たる。

そのとき、地下鉄の駅から、若い男の集団がぞろぞろと出てきた。全員、髪を短く刈り込んでいる。女性も何人か交じっていた。彼女たちの髪も一様にベリーショートとあって、総勢百名近いこの集団は、だいぶ周囲から浮き上がっている。

あの集団が何者なのかは、一目で分かった。警察学校の学生たちだ。ぼくも数年前までは彼らの一員だったのだから、見間違うはずがない。

しかし、どんな用事で、どこに向かっているのかは分からない。あとで確かめてやろうと思いながら、ぼくはベランダから室内に戻った。食欲はなかったが、果物ぐらいなら喉を通りそうだった。パイナップルの缶詰を開け、オレンジジュースを喉《のど》に流し込む。日曜日とはいえ、当番に当たっているため、今日は出勤しなければならない。ぼくはスーツに着替えてから一〇〇五号室を出た。

隣の一〇〇六号室の方に目をやると、その部屋を借りている男が、いまちょうど部屋に入ろうとしていた。食料を調達してきたところらしく、手にぶら下げたコンビニ袋からカップ麺の容器が頭を覗《のぞ》かせている。

カホンカホンと乾いた咳《せき》を連発してから、ぼくは彼に向かって声をかけた。「おはようございます」

口を開いてみて初めて、ぼくは、自分の声がガラガラとやけに荒れていることに気がついた。

一〇〇六号室の男は「……っす」と、語尾だけで挨拶《あいさつ》を返してよこした。目はずっと伏せたままだ。野球帽を目深《まぶか》に被《かぶ》っているので、人相がよく分からない。そのせいで年齢に見当をつけることもできなかった。

彼に限らず、この建物の住人には、どこか後ろ暗い雰囲気の人が多い。聞くところによると、ウィークリーマンションというのは、離婚話がこじれている人たちが、夫や妻と顔を合わせないように転がり込む場所として最適なのだそうだ。一〇〇六号室の男もそのクチだろうか。

職場であるY警察署までは、いつも地下鉄で通っている。

刑事部屋には、まだ誰も来ていなかった。一番の新米であるぼくは、雑巾を絞《しぼ》って先輩たちの机を拭《ふ》き始めた。

掃除を終えたあとは一服する時間だ。刑事部屋の隅《すみ》にあるコーヒーサーバーのところへ行き、財布を取り出した。

このサーバーを使ってコーヒーを飲んだ場合は、マシンのレンタル代と豆代として五十円を払うことになっている。だが、この決まりを無視する人が多いのは困ったものだ。金をケチっているわけではない。みんな忙しいから、財布を出すのが面倒くさいのだ。

ぼくはコーヒーの横に置いてある箱に五十円玉を入れた。それを合図にしたかのように、刑事課長の南谷が部屋に入ってきた。

「おはようございます」

「おう、おはよう。――ところで、おれ宛てに電話がかかってこなかったか」

「いいえ」

「じゃあ、いいが……」

南谷はおそらく〈狩人《かりうど》〉を警戒しているのだろう。

現在、悪質な連続殺人犯が県内を騒がせていた。この人物はまず、その地域を所轄する警察署の刑事課長に、犯行を事前に予告する電話をかけてくるのが通例だった。

《いまから、おたくの庭のどこかで、獲物を一頭、狩らせていただきますよ》

そう宣言したうえで、高い建物から人が行き交う交差点に向かって無差別にライフル銃を発砲するのだ。そんな事件が先月と先々月の、いずれも第三日曜日に起きていた。最初は県北にある中規模署、次は県東の小規模署の管内で、現在までに二人を殺害している。狙撃《そげき》を終えると、何の痕跡《こんせき》も残さずに素早く立ち去り、行方をくらます、というのが〈狩人〉と名乗るこの犯人の手口だった。

「それにしても辻中《つじなか》。おまえ、酷《ひど》い声だな」

「昨晩から咳が出てしまいまして」

熱もあることは黙っていた。書類仕事が溜《た》まっているから「帰れ」と言われたら困る。

「とにかく無理すんなよ」

「はい。——あ、すみません、ちょっとよろしいですか」

窓際の課長席に行こうとする南谷を、ぼくは引き留め、コーヒーサーバーの方へ顔を向けた。

「これなんですが、タダ飲みを決め込む人が多いんです。きちんとお金を払ってもらう妙案はないでしょうか」

「そうだな……」南谷はしばらく指で顎《あご》をさすっていたが、やがてその動きを止めた。

「携帯電話を出してみろ」

ぼくは上着のポケットからスマホを取り出した。

「カメラをインに切り替えて自分の顔を撮れ。その画像をプリンタに送信して印刷したら、おれのところへ持ってこい」

言われたとおりにした。すると南谷は、ぼくの顔が印刷された紙を、卓上ネームプレートのようにL形に折った。そうして、ちょうど目の部分だけが前にくるようにしてから、四角いコーヒーサーバーの上に載せた。

「いわゆる監視装置だ。これで万事ＯＫ。金は集まる」

「……失礼ですが、これは何かの冗談でしょうか」

「そうだ。なかなか洒落《しゃれ》たジョークだろ」

南谷はにやりとしたが、ぼくはまったく笑えなかった。

2

昼休みの時間になり、誰かが部屋のテレビをつけた。チャンネルは、地元ケーブル局に合っていた。【人文字コンテスト県大会を生中継】とテロップが出ている。

いま画面に映っているのは、五、六十名ほどの人間が作る丸い形だった。二重の同心円が二つ横に並んでいるところを見ると、車のタイヤのようだ。

そこへ他のメンバーが横から加わり、車体の部分を形作った。車体の下部を担当している者たちは、黒い板を頭上に掲《かか》げるように持っているから、上空から見るとパトカーに見えるという仕掛けだった。

その題材から見当がつくように、このパフォーマンスを行なっているのは、今朝目にした警察学校初任科の学生たちに違いなかった。彼らはこの大会に出るために、会場の施設を目指して歩いていたわけだ。

人文字コンテストか。そういえば五年前、まだ自分も警察学校の学生だったころに、この大会に出場させられたものだった。連帯感を養《やしな》うのに最適なイベントだ、と当時の担任教官は言っていた。

ぼくはテレビ画面から目を離し、額《ひたい》に手をやってみた。今朝よりも熱くなっていると感じた。

持参した風邪薬を飲もうと、よろよろと立ち上がり、ポットの前まで行った。ついでに、隣に置いてあるコーヒーサーバーの代金箱を覗いてみると、驚いたことに、五十円玉がいつもの倍は入っていた。

「ほう」いつの間にか南谷もそばに来て、料金箱の中を覗いていた。「思った以上に効果があったな」

南谷のやったことは、けっして冗談の類《たぐい》ではなかったようだ。それにしても、どういう理屈でこうなったのか、ぼくにはよく分からなかった。

疑問の目を南谷に向けると、彼は「つまりだな」と言って教師の顔になった。「人間の目が持つ威力は、想像よりもはるかに強いってことだよ」

南谷によれば、実際に海外の大学で行なわれたこんな実験があるそうだ。自己申告でお金を払うことになっているコーヒーサーバーの上に、目の写真を置いておいた。その次の週には、目を花の写真に替えた。このサイクルを数週間にわたって繰《く》り返すと、「目」の週の方が、一貫してコーヒー代金の集まりがよかったという。

たしかに、「あなたの行ないをこの目で見ていますよ」とサインを送られたら、誰だってギョッとして、悪いことはやめておこう、と思うものだ。その理屈はすんなり納得できるが、このとき用いる目は本物に限る必要はない、という点はなかなか意外だった。

人の目こそ、ぼくたち警察にとって一番の商売道具。そんなふうに言っても、あながち間違いではないかもしれない。身近にあるもので、これほど防犯に役立つものはないだろうから。

自分の席に戻った途端に電話が鳴った。受話器を取り上げ耳に当てた拍子に、またカホンカホンと乾いた咳が出た。

「失礼しました。刑事課です」

今朝から続くガラガラ声での応答だから、相手に申し訳なく、声がどうしても小さめになってしまった。

「もしもし？　刑事課ですが」

そう繰り返したのは、相手がすぐには次の言葉を発してくれなかったからだ。

《ええとね》男の声で、ようやく反応があった。《課長さんはいらっしゃいますか》

「おりますが、どちらさまでしょうか」

《狩人と申します》

3

捜査会議は午後二時半から開かれた。

〈狩人〉と電話で話をしたあと、南谷は署長や県警本部への連絡に追われた。ぼくたち室内にいた刑事たちも、手分けして非番の仲間たちへ電話をかけまくった。そうしてY署の大会議室には、日曜日であるにもかかわらず、署長以下三十人ほどの捜査員が居並ぶことになった。

《いまから、おたくの庭のどこかで獲物を一頭、狩らせていただきますよ。発砲の時間は午後三時きっかり。時報と同時に一回だけ引き金を引くことにします。ただし、場所は申

し上げられません》

刑事課にかかってきた電話の内容は、基本的にすべて録音することになっている。先ほど狩人が南谷に電話で喋《しゃべ》った声のデータは、再生装置と大型のスピーカーを使って、会議室の全員に聞こえるように流された。

署長が頭を抱えた。現在の時刻は二時半。犯行予告の時間まであと三十分しかないのに、本部からの指示は何もなかった。場所の見当がつかないため、打つ手がないのだ。

だがここに、おそらく署長よりも、もっと苦しんでいる人物がいた。ぼくだ。

午前中に無理して書類仕事をしているうち、体調は急激に悪化していた。全身の関節が軋《きし》み、悪寒《おかん》も激しい。吐き気もする。さっき飲んだ薬は、まったく効いていない。

「おい、具合が悪そうだな。大丈夫かよ」

隣に座った先輩刑事がこちらの様子に気づき、そう声をかけてきた。ついでに彼は、ぼくの容態《ようだい》を南谷に報告してくれた。南谷からはすぐに「早く帰って寝てろ」との指示が下された。

地下鉄の駅まで歩くのも無理だと判断し、ぼくは署にタクシーを呼んだ。

後部座席でぐったりしていると、フロントガラスの向こう側に、前方を固まって歩くスポーツ刈り及びショートヘアの男女らを見つけた。人文字コンテストが終わって、警察学校に帰るところのようだ。どの学生の表情も明るい。ということは、けっこういい成績を挙げてきたのだろう。

彼らを追い越したあと、タクシーは、ぼくの住まいから百メートルほど手前で停《と》まった。この先は歩行者天国だから、車は入れない。どんなに体調が悪くても、ここで降りるしかなかった。

マンションを目指してふらふら歩いていると、すぐに初任科の一団に追いつかれてしまった。

見知った顔の後輩が、携帯電話で誰かと話をしている。彼は、Y署に実地研修に来たとき、ぼくが付き添いで指導した相手だった。三日間の研修を終えたあと、一緒にカラオケに行ったこともよく覚えている。

自分が学生だったころは、こんなふうに街中で携帯電話を使うことは許されていなかった。わずか数年の間に、規則がだいぶ緩《ゆる》くなったものだ。

体調が悪すぎるせいで、挨拶するのが面倒だった。気づかないふりを決め込む。だが、すぐに後輩の方がぼくの姿を見つけてしまった。しかたなく、軽く手を挙げてやると、彼は急いで電話を切り、頭を下げてよこした。礼儀作法までは緩んでいないらしい。

「辻中先輩、今日はどうなさったんですか」

「早退だ」

「具合が悪いんですか。風邪ですか」

「ああ」

後輩に対してやけにそっけない態度を取ったのは、体調不良のせいだけではない。考えを邪魔されたくなかった、というのも理由の一つだった。

実は、先ほどの会議中から、ずっと気になっていることがあった。〈狩人〉からの電話を受けたのは課長だけではない。もう一人いる。ぼくだ。

ぼくが受話器を取って「刑事課です」と言ったあと、何秒かの間があった。思い返してみると、あれが奇妙でならないのだ。

なぜ〈狩人〉はすぐに応答しなかったのか。あの沈黙は何を意味するのか。その疑問といくら向き合っても、納得のできる答えは一つしか浮かばなかった。

――〈狩人〉は、ぼくの声を知っている。

こっちの声に聞き覚えがあったから、驚いて、しばし絶句してしまったわけだ。つまりやつは、ぼくの知り合いということになる。

しかし、ぼくの力にしてみれば、そんな悪人に思い当たるふしなどまるでなかった。

南谷のようなベテランなら、犯罪者やその予備軍のデータベースを頭の中に持っているだろうから、そこから今回の悪事をやらかしそうな人物に目星をつけることも可能だろう。しかし、こっちはまだ新米の刑事だ。無差別銃撃などという大それた悪事を企《たくら》むような輩《やから》に、心当たりなど一切なかった。

気がつくと、ウィークリーマンションの前まで来ていた。

ぼくは後輩に手を挙げた。「じゃあまた」

「えっ、辻中さんて、ここに住んでいるんですか」

「いまはね」

「そうですか。では失礼します。風邪が治って、お声も元に戻ったら、またカラオケに連れていってください」

敬礼して回れ右をした後輩の背中を見ながら、ぼくは、あっと思った。

――声が元に戻ったら、だと。

そうだった。いま自分の声は、酷くガラガラの状態だ。普段の声ではない。つまり狩人が知っていたのは、この悪声の方なのだ――。

そこまで思い至ると、一人の人物の姿が頭に浮かんだ。今朝、ぼくが挨拶をした際、この荒れた声を耳にした人物の姿だった。

建物に入りながら、腕時計に目をやった。秒針がちょうど真上に来ている。午後二時五十七分。電波式だから一秒の誤差もなく正確だ。狙撃時間まで、あと三分しかない。

いつ来るか分からないエレベーターなど待っていられず、ぼくは階段を駆け上がり始めた。一歩ステップを上るたびに、頭が金槌《かなづち》で叩《たた》かれているような気がする。その痛みに耐えながら、スマホを取り出し、南谷の携帯にかけた。

「〈狩人〉の居場所が分かったかもしれません」

《何だと。どこだ、それは》

「隣です。ぼくがいま借りている部屋の隣なんです。そこに住んでいる男が〈狩人〉だと思われます」

その理由を南谷に説明し終えたときには、残された時間はあと一分半しかなかった。なのに、こっちはまだ五階と六階の間の踊り場にまでしか到達していなかった。

たった九十秒のうちに、ここから一〇〇六号室へ行き、室内に踏み込むことなど、どう考えても無理だった。

判断を誤ったことが悔《く》やまれる。一〇〇六号室の位置からして、〈狩人〉は、楓町三丁目交差点の通行人を狙うに違いない。だったら、マンションに入ることはなかった。外にいたまま「みんな逃げろ」と大声を張り上げていればよかったのだ。

膝《ひざ》が勝手に折れ、ぼくは階段に倒れ込んだ。起き上がろうとしたが、目眩《めまい》がひど過ぎて、足にまったく力が入らない。意識もどんどん遠くなりつつあった。

4

午前十時。ベッドに横になって天井を見上げていると、チャイムが鳴った。パジャマ姿のまま玄関に出てみたところ、廊下に立っていたのは南谷だった。

「見舞いだ。おまえの好物は、たしか果物だったよな」

輪ゴムのかかった苺《いちご》と葡萄《ぶどう》のパックをそれぞれ一つずつ、南谷はベッド脇のテーブルに置いた。

「しかし、そもそもおまえは、どうしてこんなところに住んでいるんだ？」

「現在、自宅がリフォーム中でして」

昨日、階段で気を失っているところを、マンションの管理人に発見され、病院に運ばれた。そこで点滴を受けたあと、夜のうちにここへ戻り、ずっといままで寝ていた。

「なるほど。――今日の朝刊は見たか」

「まだです」

「ほらよ」南谷は毛布の上に新聞を置いた。

手に取り、社会面を広げてみる。【自転車の酒酔い運転で会社員を逮捕】、【銀行員が顧客から五千万円を詐取】、【小学校教師が校舎に放火】。今日の紙面で大きく報道されている事件はその三つだった。【マンション十階から交差点の通行人を狙撃】といった記事はどこにも載っていない。昨日の午後三時、狩人は結局、引き金を引かなかった、ということだ。

「お手柄だな。おまえの言ったとおり、隣の一〇〇六号室にいた男が〈狩人〉だった」

狙撃を諦めて逃亡しようとしたところに職務質問をかけ、ライフル銃を無許可で所持していたために逮捕した。現在はY署内で取り調べをしている最中だ。そう南谷は教えてくれた。

「分からないのは、なぜ発砲しなかったか、だ。いまのところはまだやつの口が重くて、自供が得られていない。ただし、『引き金を引こうとしたが、急にその気がなくなった』とだけは供述している。——辻中、もしかして、おまえが何か手を打ったんじゃないのか」

「はい、打ちました。でも、ぼくの手柄ではありません。課長のおかげなんです。ぼくはただ、課長に教えてもらったことをなぞっただけですから」

「何をしたか教えろ」

「失神の直前、午後二時五十九分に、電話を一本かけました」

「誰に」

「警察学校生の後輩にです。あのとき、初任科の学生が、ちょうど人文字コンテストを終えて帰る途中で、楓町三丁目交差点の近くを歩いていました。その集団にいた後輩と連絡を取ったんです」

「で、その後輩に何と伝えた」

「『仲間と一緒に、交差点の真ん中でもう一回作れ』と」

「彼らお得意の人文字を、です。『一分だけ時間が残っているから、何としても午後三時までに作れ』と言いました」

「作れ？　何をだ」

「どんな形を作らせたんだ」

ぼくは見舞いの品を手に取った。苺と葡萄、それぞれのパックに使われていた輪ゴムを外すと、直径の小さなものが二個、大きなものも同じ数、手元に残った。それらを使って、毛布の上に、二重丸を二つ並べて作った。

「タイヤか。連中はコンテストでもこれを作っていたな」

「ええ、たしかにタイヤのようですが、実はちょっと違いまして、これを少し変形させたんです」

ぼくは大きい輪ゴムの上下を潰《つぶ》し、二つとも楕円《だえん》にした。すると毛布の上に、人間の目が現れた。

解説——長岡弘樹《ながおかひろき》の名人芸と、エッセンスのすべてが詰まった宝箱

文芸評論家　末國善己《すえくによしみ》

短編よりさらに短いショートショートは、一九二〇年代から三〇年代頃にアメリカの雑誌で誕生、発展し、一九四〇年代以降、アイザック・アシモフ、レイ・ブラッドベリ、ヘンリー・スレッサー、ロアルド・ダールなど主にSFとミステリーの作家が手掛け、その伝統は戦後に都筑道夫《つづきみちお》、星新一《ほししんいち》らが牽引《けんいん》した日本でも受け継がれている。

ただ戦前の日本の探偵小説雑誌には原稿用紙数枚で完結する、コントというジャンルがあり、城昌幸《じょうまさゆき》、渡辺温《わたなべおん》らが名手として知られていたので、日本におけるショートショートの歴史はもっと古いといえる。それもあって、山川方夫《やまかわまさお》、阿刀田高《あとうだたかし》、太田忠司《おおたただし》、井上雅彦《いのうえまさひこ》、蒼井上鷹《あおいうえたか》などショートショートを得意とする日本人のミステリー作家は少なくない。シングルマザーの女性刑事とその娘を主人公にした「傍聞《かたえぎ》き」で第六一回日本推理作家協会賞の短編部門を受賞し、警察学校を舞台にした連作短編集〈教場《きょうじょう》〉シリーズがドラマ化されるなど短篇の名手として知られる長岡弘樹《ながおかひろき》が、ミステリーの激戦区であるショートショートに挑《いど》んだのが本書『道具箱《どうぐばこ》はささやく』である。

著者は原稿用紙二〇枚の中に、斬新《ざんしん》なアイディア、完全なプロット、切れ味鋭い結末に説得力を持たせる周到な伏線をすべて織り込みつつ、事件に何らかの「道具」がからむ縛《しば》りを設けた。さらに、フーダニット（犯人当て）、ハウダニット（犯行方法）、ホワイダニット（動機）、殺人が発生しない日常の謎、最初に犯罪計画が描かれる倒叙もの、現代日本が抱える問題に切り込んだ社会派推理小説といったミステリーの様々なエッセンスを網羅《もうら》し、思わず涙する人情話から後味の悪いビターな作品までバラエティー豊かな物語を紡《つむ》いでみせる。

著者の名人芸が一冊で堪能《たんのう》できる意味では「道具箱」より「宝箱」とした方が適切なほど外《はず》れがない作品集だけに、話題の長岡弘樹に興味はあるが何から読めばいいか分からない読者も、筋金入りのファンも、必ずお気に入りの作品と、長岡作品の新たな魅力が発見できるはずだ。

著者は、冒頭に明確な謎を置かず、何気ない日常をラストでミステリーに変える作品を得意としている。巻頭の「声探偵《こえたんてい》」は、行動確認中の容疑者に気付かれた刑事の南谷《みなみたに》と北山《きたやま》が、約二〇〇人が参加するパーティー会場に逃げ込んだ容疑者を捜し出す犯人当てなので、著者としては珍しく謎の輪郭がはっきりしている。ただ事件解決とは無関係そうな場所に隠した伏線をまとめながら、予想もつかない着地点に読者を導く著者の持ち味は遺《い》憾《かん》なく発揮されており、謎解きと人情の融合も鮮やかである。

南谷刑事は、この後も数編に顔を出し、登場するたびに家族がいたり、出世をしていた
りと微妙な変化を見せるので、そこにも着目して欲しい。

「リバーシブルな秋休《あきやす》み」は、夫との離婚が決まり一人で娘の麻未《まみ》を育てている女性が、公園で遊ぶ麻未の服を脱がしていた怪しい男を取り押さえたという連絡を受ける衝撃の物語である。幼い子供が性犯罪の被害に遭《あ》うケースは実際にあるので、本作は深刻な社会問題にアプローチしたといえるが、陰惨《いんさん》なまま終わらないのは嬉《うれ》しい。

「苦《にが》い厨房《ちゆうぼう》」は、料理店で開催された新メニュー開発競争を軸に進む。ライバルの峰花《ほうか》と争っている主人公は、わざと不味《まず》い試作品を食べさせ油断させようとした。試作のため早朝に店に行った主人公は、鉢合《はちあ》わせをした窃盗犯《せつとうはん》と格闘し怪我《けが》するのだが、その犯人をあぶり出す方法はひねりが効いている。

幸運を呼ぶ風水《ふうすい》メイクが重要な役割で出てくる「風水の紅《べに》」は、嫁姑《よめしゆうとめ》の確執を題材にしているだけに身につまされる読者も少なくないように思える。いつも無理難題を押し付けてくる姑が、コンロの火が燃え移り大火傷《おおやけど》をして入院した。真相を推理する主人公が、対人関係の不器用さがもたらした悲劇を明らかにするだけに、やるせない。

夫婦喧嘩《げんか》が絶えない妻が、靴《くつ》店を経営する友人から夫婦喧嘩を調停するというローマ神話の女神・ヴィリプラカ像をもらうが、喧嘩の直後に夫が階段から落ちて死ぬ「ヴィリプラカの微笑《びしよう》」は、友人が靴屋という設定が効果的に使われる謎解きが圧巻。誰もが無縁

ではない夫婦喧嘩を題材にしているだけに、イヤミス風のオチも生々しい。

インドの工事現場に派遣された日本人技術者が、納期のため規格を満たさないコンクリートを使う決断をするところから始まる「仮面《かめん》の視線《しせん》」は、技術者が悪徳タクシー運転手を殺し、それを隠蔽《いんぺい》するためさらなる殺人に手を染めるので一種の倒叙ミステリーになっており、日本とは異なる文化を巧《たく》みに取り入れた著者の手腕も光る。

戦時中に空襲を経験した認知症の老人が自宅から消え、孫があっと驚く方法でその居場所を突き止める「戦争《せんそう》ごっこ」は、泡坂妻夫《あわさかつまお》のデビュー作にして代表作の「ＤＬ２号機《ごうき》事《じ》件《けん》」（『亜愛一郎《ああいいちろう》の狼狽《ろうばい》』所収）を援用したトリックが出てくるので、二作を読み比べてみるのも一興である。戦時中の恐怖がトラウマになった人たちの心理を掘り下げることで、戦争の残酷さを際立たせたテーマも強く印象に残る。

遊園地で働く多香美《たかみ》と千草《ちぐさ》が、宣伝パンフレットのモデルになるが、撮影中に千草が倒れ急性白血病と診断される。恋人役として千草の代役となった紺野《こんの》が多香美に観覧車の中で告白する「曇《くも》った観覧車《かんらんしゃ》」は、恋愛模様がそのままミステリーの仕掛けに繋《つな》がっていくだけに、せつない恋愛小説としても完成度が高い。

ストーカーの放火で妻を殺された男が、夫を持つ女と不倫をするようになる「不義《ふぎ》の旋《せん》律《りつ》」は、男の住居が放火され、犯人が出所したストーカーなのか、それとも別人なのかが焦点になり、人間心理の不可解さに迫ったところも見事である。

「意中《いちゅう》の交差点《こうさてん》」は、仕事を辞め故郷に帰ることを決めた女性探偵助手が、最後の仕事として令嬢に意中の相手がいるかを調べることになる。令嬢を尾行して集めた情報で、探偵と探偵助手が推理を戦わせるので多重解決ものの面白さがある。作中には見え難いものも含め幾つもの恋愛が描かれており、恋愛小説好きも満足できる。

南谷刑事の息子・葉汰《ようた》の入院している病院で、暴力団幹部が正体不明のヒットマンに撃たれ、葉汰が姿を消し、南谷が口元を酸素マスクで覆った幼馴染《おさななじ》みと再会する「色褪《いろあ》せたムンテラ」は、断片的なエピソードがパズルのピースのように集まり予想もしなかった絵を浮かび上がらせていくだけに、緻密なプロットに圧倒された。

遠縁の男が経営する宿を手伝っている少年が、宿泊した女性客の怪しい行動から後ろ暗い過去を感じる「遠《とお》くて近《ちか》い森《もり》」は、少年が世話していたペットが姿を消す暗いエピソードが、逆説的に温かい情を浮き彫りにしていくので読後感は悪くない。

ストーカーの被害に悩む女性タレントが、ファンを殺したアイドルが死体を隠そうとするドラマの主演に選ばれる「虚飾《きょしょく》の闇《やみ》」は、現実とドラマの設定が二重写しになるなど虚実が混交していく独特の世界観に引き込まれてしまうだろう。

江戸川乱歩《えどがわらんぽ》『D坂《ざか》の殺人事件《さつじんじけん》』は、「先《ま》ず発見されること」のない犯罪を描いた作品として「谷崎潤一郎《たにざきじゅんいちろう》の『途上《とじょう》』」を挙げている。食事を記録するレコーディング・ダイエットに成功した精神科医が、患者に紙への記録を勧める「レコーディング・ダイエット」

のトリックは『途上』を思わせるが、犯人と被害者の転倒や異様な動機といった独自色が加えられており、ミステリーの仕掛けが盛り沢山となっている。

　両親の離婚が決まり、小学六年生と四年生の姉妹が一人は母親、一人は父親に引き取られることになる「父《ちち》の川《かわ》」は、悲劇的な事件を通して、姉妹のどちらを選ぶべきか判断できない父親の苦悩が浮かび上がるだけに、ラストは心が痛む。

　盗犯係の経験もある角垣《かどがき》刑事が、完璧な計画で質屋から二千万円相当の金品を盗み出す倒叙ミステリー「ある冬《ふゆ》のジョーク」は、タイトルそのままに、転んで頭部を打ち笑わなくなった老父のためジョークを覚えたという南谷刑事のエピソードを、思わぬ形で強盗事件とリンクさせたテクニックに注目して欲しい。

「嫉妬《しっと》のストラテジー」は、看護師の敦子《あつこ》が友人で医師の三反園《みたぞの》とデートをするふりをして恋人の征寿《まさとし》を振り向かせようとする恋愛戦略が思わぬ悲劇を招く。全編がコンゲームになっているので事態が二転三転するスリリングな展開が続き、それが悲劇を解消する方向へと進んでいくので気持ちよく読み終われるはずだ。

「狩人《かりうど》の日曜日《にちようび》」は、所轄署に犯行予告の電話をかける連続殺人犯〈狩人〉と警察の戦いが描かれる。体調不良の辻中《つじなか》刑事が、午後三時ちょうどに発砲するという〈狩人〉の電話を受けた。犯行時刻までのタイムリミットがサスペンスを盛り上げ、著者らしい伏線のマジックも堪能できるので、掉尾《とうび》を飾るに相応《ふさわ》しいといえる。

本書には全一八編が収録されているので、作品のクオリティーとは別に読者によって好みは分かれるだろう。もし「声探偵」「苦い厨房」のように伏線の綾《あや》と心温まる世界が好きなら『陽《ひ》だまりの偽《いつわ》り』『時《とき》が見下《みお》ろす町《まち》』（祥伝社文庫）、「リバーシブルな秋休み」「戦争ごっこ」など家族の物語を楽しみたいなら『緋色《ひいろ》の残響《ざんきょう》』、南谷刑事が活躍する話がよかったのであれば警察小説の『群青《ぐんじょう》のタンデム』、医療ものの「嫉妬のストラテジー」「レコーディング・ダイエット」が気に入ったら『白衣《はくい》の嘘《うそ》』、芸能界を舞台にした「虚飾の闇」が好きなら『つながりません スクリプター事件File』に進むなど、本書を起点に傑作ばかりの長岡作品にもっと親しんで欲しい。

【参考文献】
『顔の風水』高橋秀齊・著（三五館）二〇〇七年
『ずーっと不思議に思っていた動物たちの謎』今泉忠明・著（徳間文庫）二〇〇二年
『となりの車線はなぜスイスイ進むのか？　交通の科学』
トム・ヴァンダービルト・著　酒井泰介・訳（早川書房）二〇〇八年

本書は平成三十年六月、小社から四六判で刊行されたものです。なお、この作品はフィクションであり、登場する人物および団体はすべて実在するものといっさい関係ありません。

道具箱はささやく

一〇〇字書評

切り取り線

購買動機（新聞、雑誌名を記入するか、あるいは○をつけてください）

- □（　　　　　　　　　　　　）の広告を見て
- □（　　　　　　　　　　　　）の書評を見て
- □ 知人のすすめで
- □ タイトルに惹かれて
- □ カバーが良かったから
- □ 内容が面白そうだから
- □ 好きな作家だから
- □ 好きな分野の本だから

・最近、最も感銘を受けた作品名をお書き下さい

・あなたのお好きな作家名をお書き下さい

・その他、ご要望がありましたらお書き下さい

住所	〒				
氏名		職業		年齢	
Eメール	※携帯には配信できません	新刊情報等のメール配信を 希望する・しない			

この本の感想を、編集部までお寄せいただけたらありがたく存じます。今後の企画の参考にさせていただきます。Eメールでも結構です。

いただいた「一〇〇字書評」は、新聞・雑誌等に紹介させていただくことがあります。その場合はお礼として特製図書カードを差し上げます。

前ページの原稿用紙に書評をお書きの上、切り取り、左記までお送り下さい。宛先の住所は不要です。

なお、ご記入いただいたお名前、ご住所等は、書評紹介の事前了解、謝礼のお届けのためだけに利用し、そのほかの目的のために利用することはありません。

〒一〇一‐八七〇一
祥伝社文庫編集長　清水寿明
電話　〇三（三二六五）二〇八〇

祥伝社ホームページの「ブックレビュー」からも、書き込めます。
www.shodensha.co.jp/bookreview

祥伝社文庫

道具箱《どうぐばこ》はささやく

令和 3 年 9 月 20 日　初版第 1 刷発行

著　者　長岡弘樹《ながおかひろき》
発行者　辻　浩明
発行所　祥伝社《しょうでんしゃ》
東京都千代田区神田神保町 3-3
〒101-8701
電話　03（3265）2081（販売部）
電話　03（3265）2080（編集部）
電話　03（3265）3622（業務部）
www.shodensha.co.jp
印刷所　萩原印刷
製本所　ナショナル製本
カバーフォーマットデザイン　芥 陽子

Printed in Japan ©2021, Hiroki Nagaoka ISBN978-4-396-34756-7 C0193